雅舍散文 二集

增訂新版

梁實秋

目次

日記

日記有兩種。

一種是專為自己看的。每日三省吾身，太麻煩，晚上睡前抽空反省一次就足夠了，想想自己這一天做了些什麼事，不必等到清夜再來捫心。如果有一善可舉，即不妨泚筆記在日記之上，如果自己有一些什麼失檢之處，不管是大德逾閒或小德出入，甚至是絕對不可告人之事，亦不妨坦白自承。這比天主教堂的「告解」還方便，比法律上的「自承犯罪」還更可取。就一般人而論，人對自己總喜歡隱惡揚善，不大肯揭自己的瘡疤，但是也有人喜歡透露自己的一些以肉麻為有趣的醜事，非暴露一下心不得安。最安全的辦法是寫在日記上。有人怕日記被人偷看，把日記珍藏起來，鎖在抽屜裏。世界上就有一種人偏愛偷看人家的日記。有一種日記本別出心裁，上下封面可以勾連起來上鎖。其實這也是自欺欺人之事，設有人連日記本帶鎖一起挾以俱去，又當如何？天下沒有祕密可以珍藏，白紙黑字，大概早晚總有被人查覺的可能。所以凡是為自己看的日記，而真能吐露心聲，坦露原形者並不多見。

另一種日記是專為寫給別人看的。這種日記寫得工整，態度不免矜持，偶然也記私人瑣事，也寫讀書心得，大體上卻是作時事的記錄，成為社會史的一個局部的縮影。寫這種日記的人須有豐富的生活，廣闊的交遊，才能有值得一記的資料登上日記。我認識一位海外學人，他的日記放在案頭供人閱覽，打開一看好多頁都近於空白，只寫著「午後飲咖啡一杯。」像是在寫流水帳，而又出納甚吝。我又有一位同事，年紀不老小，酷嗜象棋，能不用棋盤和高手過招，如有得意之局必定在晚上「覆盤」登記在十行紙簿的日記上，什麼「馬二進三」「車一進五」的寫得整整齊齊，置在案頭供人閱覽。同嗜的人並不多，有興趣看而又能看得懂的人更少，只要肯表示一下驚訝讚歎之意，日記的主人便心滿意足了。至於處心積慮的逐日寫日記，準備藏之名山傳諸後世，那就算是一種著述了。

以我所知的幾部著名的中外日記，英國十七世紀的皮泊斯（Pepys）的日記為最有趣的之一。他兩度為英國的海軍大臣，乃政壇顯要，被譽為英國海軍之父，但是使他在歷史上成大名的卻是他的一部日記。他從一六六〇年一月一日起，到一六六九年五月三十一日止，這九年多的時期內他每日必寫從無間斷，寫的是當時的大事如查爾斯二世如何自法歸來實行復辟，疫癘流行的慘狀，倫敦的大火，對荷蘭的戰爭等等。對於戲劇及其他娛樂節目也不放過。最令人驚異的是他寫他自己的行為，如何毆打他的妻子，勾引他的女僕，如何在外拈花惹草，一夜風流，如何在他妻子為他理髮時發現了二十隻蝨子，如何教堂講道時釘著眼睛看女人，如何與人幽會一再被妻子捉到而悔過討饒……都有生動的記述。這九年多的日記累積有三千零十二頁之多，分裝為六大冊。內中許多事情不便公開，又有些私事怕家人偷看，他採用「古希臘羅馬速記術」。死後捐贈給他的母校劍橋的圖書館，在那裏度藏了一百多年，蛛網塵封，無人過問，最後才被人發現予以翻譯付梓。

與皮泊斯同時也以一部日記而聞名的是約翰·哀芙林（John Evelyn）。他也是宮廷人物，但未任高職。他的日記從一六四一年起，當時他二十一歲，直到一七〇六年死前二十四天止，可以說是他的畢生行誼的記錄。他是知識分子，所記內容當然有異於皮泊斯的。

我們中國文人也有不少寫日記而成績可觀的，但是大部分近似讀書箚記，較少敘事抒情，文學史一向不把日記作者列為值得一提的人物。例如李慈銘的《越縵堂日記》六十四冊，自咸豐三年至光緒十五年凡三十六年，幾乎逐日有記，很少間斷，洋洋大觀，很值得一讀，但我相信肯看的人不多。

胡適先生有一部日記，從他在北大執教時起一直到他晚年，其規模之大內容之富可能是超過以往任何作者。我在上海無意中看到過他的一部分日記，用毛筆寫在新月稿紙上，相當工整，其最大特色為對於時事（包括社會新聞）特為注意，經常剪貼報紙，也許是因此之故他的日記不久就裒然成帙。他的私人生活也記得很細，甚至和友人飲宴同席的人名都記載下來。他說：「我這部日記是我留給我兩個兒子的唯一的一部遺產。」因為他知道這部日記牽涉到的人太多，只有在他去世若干年後才好發表。隔好多年有一次我問他：「先生的日記是否一直繼續在寫？」他說：「到美國後，紙筆都沒有以前那樣方便，改用墨水筆和洋紙本子了，可是沒有間斷，不過沒有從前那樣詳盡了。」他的日記何時才能印行，不得而知，我只盼望有朝一日可以問世，最好是完整的照像製版不加刪改，不易一字。

抗戰八年，我想必有不少人親身經歷過一些可歌可泣之事。可惜的是，很少有資格的人留下一部完整的日記。《傳記文學》刊載的何成濬先生的「戰時日記」是很難得的一部價值甚高的作品，內容詳盡而且文字也很簡練。所記載的是他個人接觸到的一些軍政情況與人物，當然未能涵蓋其他社會與文化方面的動態。假如有文人或學者在八年抗戰中留有完整的日記，我相信其可讀性必定很高。日記只要忠實、細緻就好，扭扭捏捏的文藝腔是絕對不需要的。人稱抗戰時期是一個「大時代」，其實沒有一個時代不大，不過比較的有些時代好像是特別熱鬧而已。承平時期也未嘗沒有可記之事。寫日記不難，難在持之以恆。

正朔

正是一年之始，朔是一月之始。所謂正朔就是一年的正月初一。可是我們古代夏商周三代的曆法不同，夏曆以孟春月（冬至後二月）為正，平旦（天明）為朔；殷曆以季冬月（冬至後一月）為正，雞鳴為朔。周曆以仲冬月（包括冬至之月）為正，夜半為朔。自漢武帝直到如今皆用夏曆，即今之所謂陰曆農曆。

在歷史上每逢改朝換代，皇帝建國號，頒正朔，遣使通告諸侯，令天下咸知，有相當隆重的典禮，是一件大事。奉正朔就是表示遵用正式公布的曆法，承認自己與朝廷的關係。

我在小學讀書的時候，讀到鄭成功據臺灣反抗滿清，奉明正朔，不大明白奉明正朔有什麼意義。稍為長大一些才懂，鄭成功是不承認滿清政權，所以使用正朔來表示他忠於那不絕如縷的明室，孤臣孽子之心躍然可見。國亡之後，原有的正朔也就斷了。

我生在前清光緒年間，早已沒有鄭成功那樣奉明正朔的機會，可是到了辛亥革命成功，改用陽曆；以中華民國元年一月一日為正朔，七十五年來我就不再用陰曆了。自從民元以來，國內戰亂頻仍，政權遞變，但是國號沒變，年號沒變。國旗經過幾度變換，滿清的龍旗，民國的五色旗，再變為青天白日旗。民元以來，正朔未變，以迄於今。我們現在臺灣，用中華民國的年號，是否有一點近似鄭成功之奉明正朔？我每次寫中華民國年月日的時候，心裏就感覺到一陣震撼。

滿清遺老（以及遺少）之中頗有人眷戀舊朝，不肯使用中華民國年號，代之以夏曆的干支。例如鄭孝胥等等便是。他們寫詩撰文在記時的時候都避免民國年號。那分愚忠實在可哂。（按古代干支僅用以記日，紀年之用較為後起。司馬溫公就不用干支，而用歲陽歲陰，例如太歲在甲曰閼逢……是為歲陽，太歲在子曰困敦……是為歲陰。這種歲陽歲陰的寫法，如今很少人懂，只有好古之士偶爾用以自娛。）

書畫題識習慣上總是寫干支，所以到了民國以後也大多是不寫民國某某年的字樣。這倒不是奉不奉民國正朔的問題，而是奉行傳統的習慣。書畫用紙，越老越妙，用墨也是越老越佳，用筆著色也是越蒼老越有韻致。畫上題幾句詩，如果要記歲時而寫上中華民國年月日，就覺得趣味不大調和。溥心畬先生詩書畫三絕，可以說是我們中國文人畫的最後一個重鎮，他是清道光帝的曾孫，生於光緒年間，馳譽於民元以後，他並不以勝朝貴冑自居，所作書畫不紀年則已，紀年則用干支。例如「日月潭教師會館碑」乃一大手筆，寫作俱極佳妙，題識則曰「歲在壬寅春正月穀旦」，碑碣款式，固宜如此，吾無間然。

近人多喜用基督紀元。雖然耶穌究竟生於何年並無定論，其現行曆法事實上已為許多國家所共認，沿用至今，有人稱之為西元或公元紀年，此一紀年法有其優點，把兩千年來的歷史一氣貫穿，給吾人一個簡明而容易計算的印象。例如：杜甫生於唐玄宗先天元年，卒於代宗大曆五年，他究竟活了多少年，距今約多少年，我們一時無法說得出來。若注明西元，則是生於七一二年，卒於七七〇年，五十九歲，距今約一千二百年了。所以在我們慣用的歷代紀年之後加注公元紀年，不失為一個好的辦法。

但是生為中國人在本鄉本土而不奉本國的正朔，總覺不妥。有人寫信給我，信末注明一九八六年月日，我看了就有異樣的感覺。如果信是從國外寄來，其人久居異邦，使用公元紀年成了習慣，我不怪他。如果他雖然人在國外，而記載歲時仍用國曆，豈不更多一層不忘故國的情愫？

最可怪者是有些日記本子，印得相當講究，有陽曆也附有陰曆；一天一頁，甚為合用，但是書脊金字大書「一九八幾年日曆記事本」，以西曆紀年為主，以國家年號為輔，輕重之間似乎失常。

上文發表後，收到張仲琳先生函及附件，指出溥心畬在他的「學歷自述」中有「宣統四年，辛亥，遜位詔下」字樣，認為「可怪」。張先生說：「在『宣統四年』下，竟加『辛亥』二字，是什麼用意？如果宣統四年，該是『壬子』。為什麼故弄玄虛？是不是不承認中華民國的紀元？案滿清『遜位詔書』是宣統三年十二月二十五日頒布的。」

張先生的指證是對的。「宣統四年」是錯誤的，而且也是「可怪」，並且不可諒。茲將張先生的意見附錄於此，以誌吾文之疏。

實秋　七十五年七月三十日

白貓王子八歲

有人問我：「先生每逢你的白貓王子生日必寫小文紀念，你生活中一定還有其他更可紀念的日子，為什麼不寫文紀念？」我生活中當然有其他值得紀念的日子，可歌的或是可泣的，但是各有其一定的紀念方式，不必全部形諸文字騰諸報章。白貓王子不識字，不解語，我寫了什麼東西牠也不知道。平素我給牠的不過是一缽魚，一盂水，到牠生日這一天仍是一盂水一缽魚，沒有什麼兩樣，難道還要送牠一束鮮花或一張賀卡？我為文紀念不過是略抒自己的情懷，兼供愛貓的讀者賞閱而已。

白貓今天八歲了，相當於我們的不惑之年。所謂不惑，是指不為邪説異端所惑。貓懂得什麼是邪説異端？牠要的是食有魚，飲有水，舔舔爪子洗洗臉，然後曲肱而枕，酣然而眠。如果「飢來吃飯倦來眠」便是修行的三昧，白貓王子的生活好像是已近於道。有一位朋友來，看到貓的錦衾魚餐，曰：「此乃貓之天堂！」可惜這僅是貓的天堂，更可惜這僅是一隻貓的天堂，尤可惜的是這也未必就是牠的天堂。

我最引以為憾的是：貓進我家門不久，我們就把牠送進獸醫院施行手術，使之不能生育。蟲以鳴秋，鳥以鳴春，唯獨貓到了季節，竄房越脊，鬼哭狼號，那叫聲實在難聽，而且不安於室，走失堪虞，所以我們未能免俗，實行了預防的措施，十分抱歉，事前未能徵得同意。

貓和其他動物一樣，需要伴侶。獅虎均屬貓科。我曾以為獅虎都是獨來獨往，有異於狐群狗黨。後來才知道事實不然，獅虎也還是時常成群結隊的出現於長林豐草之間。貓也是如此，牠高傲孤獨，但是也頗有時候需要伴侶（最好是同類異性）。我們先後收養了黑貓公主和小花，但是白貓王子好像是「無友不如己者」，仍然是落落寡合。牠們從不爭食，許是因為從不飢餓的緣故，更從不偷食，因為沒有偷的必要。偶爾也翻滾在地上打作一團，不是真打；可能是遊戲性質。可喜的是白貓王子並不恃強凌弱，而常以大事小。

貓究竟有多麼聰明？通多少人性？七十四年十二月份美國《麥考爾雜誌》上有一

篇文字，說貓至少模仿人類的能力很強：

一、有一隻貓想聽音樂就會開收音機。

二、有一隻貓想吃東西就會按電動開罐頭機的把柄。

三、有一隻貓會開電燈。

四、有一隻貓會用抽水馬桶。

五、有一隻貓會聽電話，對著聽筒咪咪叫。

六、有一隻貓病了不肯吃藥，主人向牠解釋幾乎聲淚俱下，然後牠就乖乖的舔藥片，終於嚼而食之。

所說的可能全是真的。相形之下，白貓王子顯著低能多了。牠沒有這麼大的本領。我們也沒有給過牠適當的訓練。貓就是貓，何需要牠真個像人？

昔人有云，雞有五德。不知貓有幾德。以我這八年來的觀察，貓愛清潔，好像比其他小動物更能潔身自愛。每天菁清給牠撲粉沐浴，牠安然就範。貓很有禮貌，至少在吃東西的時候順著盤子的一邊吃起，並不挑三揀四，杯盤狼籍，飯後立刻洗臉。客人來，牠最多在他腿上磨蹭幾下，隨即翹著尾巴走開。我有時不適，起床較晚，牠會上樓到我床上舔我，但是牠知道探病的規矩，不久留，拍牠幾下，牠就走了。有時我和菁清外出赴宴，把牠安置在一個牠喜歡踞臥的地方，告訴牠「你看家，不許動」，兩三小時後我們回來，牠仍在原處，不負所囑。也許每一隻貓都是如此，但是如果你擁有一隻你所寵愛的貓，你就會覺得滿足，為牠再多費心機照護也是甘願的。

貓捕鼠，有人說是天性使然。其實貓對一切動的事物都感興趣。一隻橡皮做的老鼠，放在那裏，牠視若無睹，不大理會。若是電動的玩具老鼠開動起來，牠便會撲將上去。家裏沒有老鼠，偶然有隻蟑螂，牠常像獅子搏兔一般的去對付。窗外有鳥過，室內蚊蚋飛，牠會悚然以驚。不過近來牠偏好靜，時常露出萬事不關心的樣子。也許牠經驗多了，覺得一動不如一靜。像捕風捉影一類的事早已不屑為之。《鶴林玉露》：「東坡云：『養貓以捕鼠，不可以無鼠而養不捕之貓。』」這句話不大像是東坡說的。豁達如東坡，焉能不知養貓之趣而斤斤計較其功利？

有一天我撫摩著貓對菁清說：「你看，我們的貓的毛不像過去那樣的美澤，秀長，潔白了。身上的皮肉也不像過去那樣的堅韌，厚實了。是不是進入中年垂垂老矣？」菁清急急舉手指按在脣上，作噓聲，示意我不要再說下去。人恒喜言壽而諱聞老，實在是矛盾。也許貓也是不欲人在牠面前直說牠已漸有龍鍾之象。我立即住聲，只聽得貓在喉嚨裏呼嚕呼嚕的在響。

——民國七十五年三月三十日

鬍鬚

俗語：「嘴上沒毛，辦事不牢。」意思是說，有一把年紀的人比較的見多識廣，而且瞻前顧後做起事來四平八穩，不像年輕小伙子那樣的毛躁，那樣的不牢靠。嘴上沒毛也就是年紀太輕少不更事的意思。

現在看來，嘴上沒毛似乎不一定與年齡有關。大家可曾注意，如今好多的政壇顯要，社會中堅，無分中外，老遠的看來幾乎都是面白無鬚的樣子。像諸葛亮的三綹髯，關公的五綹髯，只有在舞臺上見之。他們不全是因為臉皮太厚而鬍鬚長不出來，而是鬍鬚剛剛長出來就被刮剃了去。所以嘴上嘴下，青皮一塊，于右老張大千之長髯飄拂是例外。世上有幾個于右老張大千？反觀年輕一代，則往往有些人年紀輕輕的，于思于思，一反常態。他們或是脣上留一撮小髭，或是兩鬢各蓄一條鬢腳，或是頷下垂著幾根疏疏落落的狗蠅鬍子，戲臺上的老生稱鬚生，如今不少的小生也是鬚生了。

人年紀越大，鬍鬚也長得越硬越粗越黑越快。有人常怪女人每天在她們的頭髮上耗費太多的時間精神，殊不知絕大多數的男人在他們的鬍鬚上也有不少的痲煩。女人的頭髮要洗、要作、要燙、要染，現在有些男人的頭髮也要玩這一套，而且於此之外還每天牢不可破的要刮鬍子。一天不刮就毛毿毿的刺弄得慌，用手摸上去像是板刷，萬一觸到別人的細嫩的皮膚上會令人大叫起來。所以有人早晚各刮一次，不厭其煩。更有人痛恨自己的鬍子過於茂盛，刮不勝刮，於是不僅剪草，還要除根，隨身攜帶鏡子鑷子，把刮後的鬍鬚根株一個個的鉗拔出來，這種拔毛連茹的作法滋味如何，只有本人知道。聽説從前青衣花旦，以及其他在職業上有此必要的人，才採用此種徹底根除的手段。不過我也曾親見所謂斯文中人也有公然當眾對鏡拔鬚的。拔過之後，常有血痕殷然。

其實，俗語說：「八十留鬍子，大主意自己拿。」不到八十歲要留鬍子，也沒有人管得著。髭鬍也未必就有礙觀瞻。《左傳・昭公二十六年》：「有君子，白皙鬒鬚眉，」鬍鬚眉毛又黑又稠的陳武子還被稱為「君子」，可見一嘴鬍子正有助於威儀三千。《莊子．列禦寇》，「髯」列為「八極」之一，算是形體上優異過人之處。關公為美髯公，無人不知。唐文皇「虬鬚壯冠，人號髭聖。」見《清異錄》。風流瀟灑如蘇東坡也有「髯蘇」之稱。歷史上有名的大鬍子不勝列舉，而且是被人誇讚，沒有揶揄之意。自古以鬍鬚稠秀為男性美的特徵。稠是相當茂密，秀是相當疏朗。相法上所謂「根根見底」，就是濃疏合度的意思。喜劇演員賈波林（編案：即卓別林），若是嘴上沒有那一撮鬍子，恐怕要減少很大一部分的滑稽相和愁苦相。那一撮鬍子，在希特拉（編案：即希特勒）嘴上像是糊上了一塊膏藥，真是惡人惡相，討人嫌。長鬍子要保持清潔，不能讓它擀成氈，不能拖泥帶水，更不能窩藏蝨子，蝨子縱然「屢遊相鬚，曾蒙御覽」，仍然是邋遢。

寫《烏托邦》的英國作陶瑪斯．摩爾，在上斷頭臺的時候，對行刑者說：「我的鬍子沒有犯罪，請勿切斷我的鬍子。」於是撂起他的一把大鬍子，延頸受戮。這是標準的「斷頭臺上的幽默」。我們至少可以想像到他對他的鬍子是多麼關心。

佛家對於鬍子則有時視為相當神聖，《法苑珠林》有這樣一段記載：「佛告阿難，『汝取我髭，合六十二莖，我欲造塔。』阿難取付世尊。佛告諸羅剎：『我施汝二莖，當造七寶函及造旃檀塔，盛髭供養，可高四十由旬，餘六十髭亦隨造函塔，可高三丈。』又告諸羅刹：『守護，勿使外道、惡人、魔鬼、毒龍，妄毀此塔。此塔為汝命根，汝必護塔。……』」按說萬法皆空，不得以肉體見如來，為什麼把一莖髭看得這般重要，我參不透。事實上高四十由旬的旃檀塔，誰也沒有見過。

我們舊劇班中的行頭裏有所謂髯口一項，包括三髯、五髯、三濤髯、夾嘴髯、紅虬髯、丑三髯、吊搭髯等等，花樣繁多，不及備載。而且這些髯口不僅是妝點門面，還可以加以運用，如捋髯、拱髯、推髯、摟髯、端髯、甩髯、噴髯、抖髯、輪髯等等，形成所謂「髯舞」。俗語形容憤怒之狀為「吹鬍子瞪眼」，在舞臺上真有那樣的表現。

盆景

我小時候，看見我父親書桌上添了一個盆景，我非常喜愛。是一盆文竹，栽在一個細高的方形白瓷盆裏，似竹非竹，細葉嫩枝，而不失其挺然高舉之致。凡物小巧則可愛。修篁成林，蔽不見天，固然幽雅宜人，而盆盎之間綠竹猗猗，則亦未嘗不惹人憐。文竹屬百合科，當時在北方尚不多見。

我父親為了培護他這個盆景，費了大事。先是給它配上一個不大不小的硬木架子，安置在臨窗的書桌右角，高高的傲視著居中的硯田。按時澆水，自不待言，苦的是它需陽光照曬，晨間陽光曬進窗來，便要移盆就光，讓它享受那片刻的煦暖。若是搬到院裏，時間過久則又不勝驕陽的肆虐。每隔一兩年要翻換肥土，以利新根。敗枝枯葉亦須修剪。聽人指點，用筆管戳土成穴，灌以稀釋的芝麻醬湯，則新芽茁發，其勢甚猛。有一年果然抽芽竄長，長至數尺而意猶未盡，乃用細繩吊繫之，使緣窗匍行，如蔦蘿然。

此一盆景陪伴先君二三十年，依然無恙。後來移我書齋之內，仍能保持常態，在我憑几寫作之時，為我增加情趣不少。嗣抗戰軍興，家中乏人照料，冬日書齋無火，文竹終於僵凍而死。喪亂之中，人亦難保，遑論盆景！然我心中至今戚戚。

這一盆文竹乃購自日商。日本人好像很精於此道。所製盆栽，率皆枝條掩映，俯仰多姿。尤其是盆栽的松柏之屬，能將文理盤錯的千尋之樹，縮收於不盈咫尺的缶盆之間，可謂巧奪天工。其實盆栽之術，源自我國，日人善於模仿，巧於推銷，百年來盆栽遂亦為西方人士所嗜愛。Bonsai 一語實乃中文盆栽二字之音譯。

據說盆景始於漢唐，盛於兩宋。明朝吳縣人王鏊作《姑蘇志》有云：「虎邱人善於盆中植奇花異卉，盤松古梅，置之几案，清雅可愛，謂之盆景。」是姑蘇不僅擅園林之美；且以盆景之製作馳譽於一時。劉鑾《五石瓠》：「今人以盆盎間樹石為玩，長者屈而短之，大者削而約之，或膚寸而結果實，或咫尺而蓄蟲魚，概稱盆景，元人謂之些子景。」些子大概是元人語，細小之意。

我多年來漂泊四方，所見盆景亦夥，南北各地無處無之，而技藝之精則均與時俱進。見有松柏盆景，或根株暴露，作龍爪攫拏之狀，名曰「露根」。或斜出倒掛於盆口之外，挺秀多姿，儼然如黃山之「蒲團」「黑虎」，名曰「懸崖」。或一株直立，或左右並生，無不於剛勁挺拔之中展露搔首弄姿之態。甚至有在淺缽之中植以楓林者，一二十株楓樹集成叢林之狀，居然葉紅似火，一片霜林氣象。種種盆景，無奇不有，納須彌於芥子，取法乎自然。作為案頭清供，誠為無上妙品。近年有人以盆景為專業，有時且公開展覽，琳瑯滿目，洋洋大觀。盆景之培養，需要經年累月，悉心經營，有時甚至經數十年之辛苦調護方能有成。或謂有歷千百年之盆景古木，價值連城，是則殆不可考，非我所知。

盆景之妙雖尚自然，然其製作全賴人工。就藝術觀點而言，藝術本為模仿自然。例如圖畫中之山水，尺幅而有千里之勢。杜甫望嶽，層雲盪胸，飛鳥入目，也是窮目之所極而收之於筆下。盆景似亦若是，唯表現之方法不同。黃山之松，何以有那樣的虯蟠之態？那並不是自然的生態。山勢确犖，峭崖多隙，松生其間，又復終年的煙霞翳薄，夙雨飈飀，當然枝柯虬曲，甚至倒懸，欲直而不可得。原非自然生態之松，乃成為自然景色之一部。畫家喜其奇，走筆寫松遂常作龍蟠虬曲之勢。製盆景者師其意，納小松於盆中，培以最少量之肥土，使之滋長而不過盛，芟之剪之，使其根部坐大，又用鉛鐵絲縛繞其枝幹，使之彎曲作態而無法伸展自如。

藝術與自然本是相對的名詞。凡是藝術皆是人為的。西諺有云：Ars est celare artem（真藝術不露人為的痕跡），猶如吾人所謂「無斧鑿痕」。我看過一些盆景，鉛鐵絲尚未除去，好像是五花大綁，即或已經解除，樹皮上也難免皮開肉綻的疤痕。這樣藝術的製作，對於植物近似戕害生機的桎梏。我常在欣賞盆景的時候，聯想到在遊藝場中看到的一個患侏儒症的人，穿戴齊整的出現在觀眾面前，博大家一笑。又聯想到從前婦女的纏足，纏得趾骨彎折，以成為三寸金蓮，作搖曳婀娜之態！

我讀龔定庵〈病梅館記〉，深有所感。他以為一盆盆的梅花都是匠人折磨成的病梅，用人工方法造成的那副彎曲傴僂之狀乃是病態，於是他解其束縛，脫其桎梏，任其無拘無束的自然生長，名其齋為病梅館。龔氏此文，常在我心中出現，令我憬然有悟，知萬物皆宜順其自然。盆景，是藝術，而非自然。我於欣賞之餘，真想效龔氏之所為，去其盆盎，移之於大地，解其纏縛，任其自然生長。

父母的愛

父母的愛是天地間最偉大的愛。一個孩子，自從呱呱墮地，父母就開始愛他，鞠之育之，不辭劬勞。稍長，令之就學，督之課之，唯恐不逮。及其成人，男有室，女有歸，雖云大事已畢，父母之愛固未嘗稍殺。父母的愛沒有終期，而且無時或弛。父母的愛也沒有差別，看著自己的孩子牙牙學語，無論是伶牙俐齒或笨嘴糊腮，都覺得可愛。眉清目秀的可愛，濃眉大眼的也可愛，天真活潑的可愛，調皮搗蛋的也可愛，聰穎的可愛，笨拙的也可愛，像階前的芝蘭玉樹固然可愛，癲痢頭兒子也未嘗不可愛，只要是自己生的。甚至於孩子長大之後，陂行蕩檢，貽父母憂，父母除了罵他恨他之外還是對他保留一分相當的愛。

父母的愛是天生的，是自然的，如天降甘霖，霈然而莫之能禦。是無條件的施與而不望報。父母子女之間的這一筆帳是無從算起的。父母的鞠育之恩，子女想報也報不完，正如詩經〈蓼莪〉所說：「父兮生我，母兮鞠我。拊我畜我，長我育我，顧我復我，出入腹我。欲報之德，昊天罔極。」父母之恩像天一般高一般大，如何能報得了？何況歲月不待人，父母也不能長在，像陸放翁的詩句「早歲已興風木歎，餘生永廢蓼莪詩」正是人生長恨，千古同嗟！

古聖先賢，無不勸孝。其實孝也是人性的一部分，也是自然的，否則勸亦無大效。父母子女間的相互的情愛都是天生的。不但人類如此，一切有情莫不皆然。我不大敢信禽獸之中會有梟獍。

父母愛子女，子女不久長大也要變成為父母，也要愛其子女。所以父母之愛像是連鎖一般，代代相續，傳繼不絕。《易》云：「天地之大德曰生。」維護人類生命之最大的、最原始的、最美妙的、最神祕的力量莫過於父母的愛。讓我們來讚頌父母的愛！

《雅舍小品》合訂本後記

《雅舍小品》於民國三十八年初版，收小品文三十四篇，續集於六十二年出版，三十二篇，三集於七十一年出版，三十七篇，四集於七十五年出版，四十篇。四集合訂，共計小品一百四十三篇。寫作出版的經過略如下述。

抗戰期間，我在重慶。五四大轟炸那一年，我疏散到北碚鄉下。吳景超龔業雅伉儷也一同疏散到北碚。景超是我清華同班同學，業雅是我妹妹亞紫北平女大同班同學，我和他們合資在北碚買了一幢房子，其簡陋的情形在第一篇小品裏已有描述。房子在路邊山坡上，沒有門牌，郵遞不便。有一天晚上景超提議給這幢房子題個名字，以資識別。我想了一下說：「不妨利用業雅的名字名之為『雅舍』。」第二天我們就找木匠做了一個木牌，用木樁插在路邊，由我大書「雅舍」二字於其上。雅舍命名緣來如此，並非如某些人之所誤會以為是自命風雅。不過雅舍本身也確是不俗。和我們常往還的不是詩人便是畫家，如李清悚、朱錦江、尹石公、彭醇士、陳延傑等。有一次雅舍讌集，酒後茶餘，逸興遄飛，彭醇士當眾吮毫染翰，畫了一幅〈雅舍圖〉，筆酣墨飽，元氣淋漓。陳延傑隨即題詩一首，我記得是這樣的：

彭侯落落丹青手，
寫卻青山犖确姿，
茅舍數楹梯山路，
只今兵火好棲遲。

《詩》曰：「衡門之下，可以棲遲」，可憐雅舍卻連衡門也沒有。幾間茅舍，開門見山，唯有兩棵高大的梨樹在半山腰上站崗。但是我們在雅舍度過了七八年，晏如也。

我的朋友劉英士在重慶主辦《星期評論》，邀我寫稿，言明係一專欄，每期一篇，每篇二千字。情不可卻，姑漫應之。每寫一篇，業雅輒以先睹為快。我所寫的文字，牽涉到不少我們熟識的人，都是真人真事，雖多調侃，並非虛擬。所以業雅看了特感興趣，往往笑得前仰後合。經她不時的催促，我才逐期撰寫按時交稿。

《雅舍小品》刊出之後，引起一些人的注意。我用的是筆名「子佳」二字。有不少人紛紛猜測這子佳到底是誰。據英士告我，有一天他在沙坪壩一家餐館裏，聽到鄰桌幾位中大教授在議論這件事，其中有一位徐仲年先生高聲說：「你們說子佳是梁實秋，這如何可能？看他譯的莎士比亞，文字總嫌有點彆扭，他怎能寫得出《雅舍小品》那樣的文章？」又有我的北大同事朱光潛先生自成都來信給我，他說：「大作《雅舍小品》對於文學的貢獻在翻譯莎士比亞的工作之上。」「文章千古事，得失寸心知」，我的寫作與翻譯，都只是盡力為之，究竟譯勝於作，還是作勝於譯，我自己也不知道。

《星期評論》後來停刊，但是《雅舍小品》仍然繼續寫了下去，直到抗戰勝利之後我回到北平，才把散見於幾種刊物的小品輯為一冊，交商務印書館印行。我生平不倩人作序，但是這個小冊我卻請業雅寫了一篇短序。這是民國三十六年的事了。

商務印書館在北平設有京華印書廠，《雅舍小品》即由該廠承印，我就近親自校了兩遍，但是魯魚亥豕仍難全免。清樣校畢之後久久不見該書出版，質諸商務北平分館，承他們直言相告，當時通貨膨脹，物價飛騰，印書紙亦屬重要物資，其價格一日數漲。如果印成書籍，則書籍不能隨紙張之價格而上漲，損失太大。他們勸我少安毋躁，等物價穩定之後再行付印。「洛陽紙貴」於此乃得另一詮釋。文章不值錢，信然。

三十七年冬，我匆匆離開北平到了廣州，幸而行笥之中夾有《雅舍小品》二校校樣。三十八年我來臺灣，時劉季洪先生主正中書局編審部，有一天他來看我，問我有無稿件待印，我就把《雅舍小品》二校校樣交給他了，很快的就印了出來。《雅舍小品》沒有廣告，我曾質問正中書局的一位店員，他說：「好書不需要廣告。」事實上《雅舍小品》迄今已銷行四十多版，香港臺灣均有盜印本。我很明白，暢銷並不一定證明書的內容好。《雅舍小品》之所以蒙讀者愛讀，也許是因為每篇都很簡短，平均不出兩千字，所寫均是身邊瑣事，既未涉及國是，亦不高談中西文化問題。《雅舍小品》續集及三集均是應正中蔣廉儒先生之邀而編印的。四集及合訂本是承顏元叔先生梅新先生的好意予以出版的。我對於正中書局前後主持編務的幾位朋友深為感謝。

《雅舍小品》本來封面沒有圖案。自第三十版起，改用老五號排印，始得正中書局的王維安先生繪製封面。王先生是國畫名家，所繪山水蒼潤秀麗兼而有之，為拙作生色不少，在此一併誌謝。

我引以為憾者，是特別愛讀《雅舍小品》而又為之撰序的業雅根本沒能看到此書之印行。十年浩劫之中，景超業雅均飽受折磨，患癌而歿。如今合訂本印行，緬懷往事，心有餘哀。

漫談翻譯

翻譯可以說不是一門學問，也不是一種藝術，只是一種服務。從前外國人來到中國觀光，不通中國語，常僱用一名略通洋涇濱英語的人權充舌人，俗稱之為馬路翻譯。做馬路翻譯也不容易，除了會說幾句似通非通的句法不完整的蹩腳英語之外，還要略通洋人心理，揀一些洋人感興趣的事物譯給他聽。為了幾個錢餬口，在馬路上奔波。這也算是一種服務。

較高級的舌人，亦即古時所謂的通譯官，「能達異方之志，象胥之官也」。南方曰象，北方曰譯。象胥即是司譯事的官吏。如今我們也還有翻譯官，政府招待外國貴賓的時候，居間總有一位翻譯官。外國人講演，有時候也有人擔任翻譯。這種口頭翻譯殊非易事，尤其是事前若未看過底稿，更難達成準確迅速的通譯的任務，必其人頭腦非常靈活，兩種語文都有把握才成。

學術著作與文藝作品的翻譯屬於另一階層，作此種翻譯，無須跑馬路，無須立即達成任務，可以從容推敲。雖然也是服務，但是很不輕鬆。有些作品在文字方面並不容易了解，或是文字古老，或是典故太多，或是涉及方言，或是意義晦澀，都足以使譯者繞室徬徨，搔首踟躕。譯者不一定有學問，但是要了解原著的一字一句，不能不在落筆之前多多少少做一點探討的功夫。有時候遇到版本問題，發現異文異義，需要細心校勘，當機立斷。所以譯者不是學者，而有時被情勢所迫，不得不接近於學者治學態度的邊緣。否則便不是良好的服務。凡是藝術皆貴創造，翻譯不是創造。翻譯是把別人的東西，咀嚼過後，以另一種文字再度發表出來，也可說是改頭換面的複製品。然而在複製過程之中，譯者也需善於運用相當優美的文字來表達原著的內容與精神，這就也像是創造了，雖然是依據別人的創造作為固定的創造素材。所以說翻譯不是藝術而也饒有一些藝術的風味。

在文化演進中，翻譯是一項重要的工作。因為翻譯幫助宏揚本國的文化，擴展思想的範圍，同時引進外國的思潮和外國的文藝，刺激本國的作家學者。我們中國古時有一偉大的翻譯運動，佛經的翻譯，其規模之大無與倫比。由於一些西域的高僧東來傳教，兼作翻譯，如漢明帝時之竺法蘭在洛陽白馬寺與迦葉摩騰合譯《四十二章經》，又自譯《佛本生經》第五部十三卷，是為翻譯之始。西晉竺法護譯經一百七十五部，三百五十四卷，多為大乘佛典。而後秦的鳩摩羅什，南北朝之真諦，與唐之玄奘合稱為中國佛教之三大翻譯家，以玄奘之功績最為艱苦卓絕。玄奘發願學佛，間關萬里，歸國後譯出經論七十五部，一千三百三十五卷，譯筆謹嚴，蔚為大觀。

佛經翻譯不僅宏揚了佛法，對一般知識文藝階層亦發生很大影響。其所以發生這樣效果，固由於譯者之宗教的熱誠，政府之獎掖輔助亦為主要因素。佛經的翻譯一向被視為神聖的事業。每譯一經，有人主譯，有人襄助。直到晚近，仍帶有濃厚莊嚴的宗教色彩。

抗戰時期，我曾遊四川北碚縉雲山，山上有縉雲寺，寺中有太虛法師主持之漢藏理學院，殿堂內有鐘磬聲，僧眾跪蒲團上，紅衣黃衣喇嘛三數輩穿梭其間，燭光熒然。余甚異之，詢諸知客僧法舫，始知眾僧正在開始翻譯工作，從藏文佛典譯為漢文。那種虔誠慎重的態度實在令人敬佩。因思唐人所撰《一切經音義》所表現對於佛經譯事之認真的態度，也是不可及的。

晚清西學東漸，翻譯乃成為波瀾壯闊的一個運動。當時翻譯名家以嚴幾道與林琴南為巨擘。

嚴幾道譯《天演論》、《原富》、《群學肄言》、《法意》、《穆勒名學》等書共九種，雖然對於國家社會的進步究有多少具體貢獻很難論定，對當時知識分子的影響是不容否認的。（胡適先生就是引「適者生存」之意而命名的。）他又提出了「信、達、雅」的翻譯標準，直到如今還有不少人奉為圭臬。可惜的是，他用文言翻譯，而又力求精簡，不類翻譯，反似大作其古文，例如「大宇之內，質力相推，非質無以見力，非力無以呈質」，以這樣的句子來說明「天演」，文字非不簡潔，聲調非不鏗鏘，但是要一般讀者通曉其義恐非易事。西洋社會科學的名著，大多本非簡明易曉之作，句法細膩，子句特多，譯為中文，很費心思，如果再要加上古文格調，難上加難。嚴氏從事翻譯，選材甚精，大部分皆西洋之近代名著，譯事進行亦極嚴肅，但是嚴氏譯作如今恐怕只好束之高閣，供少數學者偶爾作為研究參考之用。林琴南的貢獻是在小說翻譯方面。所譯歐美小說達一百七十餘種之多。以數量言，無有出其右者。他的最大短處是他自己不諳外文，全憑舌人口述隨意筆寫，所謂「耳受手追，聲已筆止」。這樣的譯法，如何能銖兩悉稱的表達原作的面貌與精神？再則他自己不懂外國文學，所譯小說常為二三流以下之作品，殊少翻譯之價值。他的文言文，固是不錯，鼓起國人對小說之興趣，其功亦不在小。

白話文運動勃發以後，翻譯亦頗盛行。唯嫌凌亂，殊少有計畫的翻譯，亦少態度謹嚴的翻譯。許多俄法文等歐洲小說是從英日文轉譯的。翻譯本來對於原著多少有稀釋作用，把原文的意義和風味沖淡不少，如今再從日文英文轉譯，其結果如何不難想像。作為蘇俄共黨宣傳工具者，如魯迅先生所編譯之《文藝政策》等一系列的「硬譯」，更無論矣。

四十幾年來值得一提的翻譯工作的努力應該是胡適先生領導的「翻譯委員會」，隸屬於「中華教育文化基金董事會」。有胡先生的領導，有基金會的後盾。所以這個委員會做了一些工作，所譯作品偏重哲學與文學，例如倍根的《新工具》，哈代小說全集，莎士比亞全集，希臘戲劇等凡數十種。惜自抗戰軍興，其事中輟。

「國立編譯館」，顧名思義，應該兼顧編與譯，但事實上所謂編，目前僅是編教科用書，所謂譯則自始即是於編譯科學名詞外偶有點綴。既無專人司其事，亦無專款可撥用。徒負虛名，未彰實績。抗戰期間，編譯館設「翻譯委員會」，然亦僅七八人常工作於其間，如毛姆森之《羅馬史》，亞里士多德之《詩學》，薩克萊之《紐康氏家傳》等之英譯中，及《資治通鑑》之中譯英。《資治通鑑》之英譯為一偉大計畫，緣大規模的中國歷史（編年體）尚無英譯本，此編之譯實乃空前巨作。由楊憲益先生及其夫人戴乃迭（英籍）主其事，夫婦合作，相得益彰，勝利時已完成約三分之一，此後不知是否賡續進行。唯知楊憲益夫婦在大陸仍在作翻譯工作，曾有友人得其所譯之《儒林外史》見貽。

編譯館來臺復員後，人手不足，經費短絀，除作若干宣傳性之翻譯以外，貢獻不多。偶然獲得貲助，則臨時籌畫譯事。我記得曾有一次得到聯合國文教組織一筆捐助，指明翻譯古典作品，諮詢於余，乃代為籌畫譯書四五種，記得其中有吳奚真譯的普魯塔克的《希臘羅馬名人傳》，此書是根據英國名家諾爾茲的英譯本，此英譯本對英國十六世紀文學發生巨大影響，在英國文學史上佔重要地位，吳奚真先生譯筆老練，惜僅成二卷，中華書局印行，未能終篇。近年來有齊邦媛女士主持的英譯《中國現代文學選集》二卷，亦一大貢獻。

翻譯，若認真做，是苦事。逐字逐句，矻矻窮年，其中無急功近利之可圖。但是苦中亦有樂。翻譯不同創作，一篇創作完成有如自己生育一個孩子，而翻譯作品雖然不是自己親生，至少也像是收養很久的一個孩子，有如親生的一般，會視如己出。翻譯又像是進入一座名園，飽覽其中的奇花異木，亭榭樓閣，循著路線周遊一遭而出，耳目一新，心情怡然。總之，一篇譯作殺青，使譯者有成就感，得到滿足。

翻譯，可以說是舞文弄墨的勾當。不舞弄，如何選出恰當的文字來配合原著？有時候，恰當的文字得來全不費工夫，儼如天造地設，這時節恍如他鄉遇故人，有說不出的快感。例如：莎士比亞劇中有「a pissing while」一語（見《二紳士》四幕二景二十一行），我頓時想起我們北方粗俗的一句話「撒泡尿的工夫」，形容為時之短。又例如：莎士比亞的一句話「You three-inch fool」（見《馴悍婦》四幕一景二十七行），正好譯成我們《水滸傳》裏的「三寸丁」。諸如此類的例子還有許多，但是可遇不可求的。

翻譯是為了人看的，但也是為己。昔人有言，閱書不如背誦書，背誦書不如鈔書。把書鈔寫一遍，費時費力，但於鈔寫過程之中仔細品味書的內容，最能體會其中的意義。我們如今可以再補一句，鈔書不如譯書。把書譯一遍費時費力更多，然而在一字不苟的字斟句酌之餘必能比較的更深入了解作者之所用心。一個人譯一本書，想必是十分喜愛那一本書，花時間精力去譯它，是值得的。譯成一部書，獲益最多的，不是讀者，是譯者。

人人都知道翻譯重要，很少人肯致力於翻譯事業的獎助。文學藝術都有公私的獎，不包括翻譯在內。好像翻譯不是在文藝範圍以內。學術資格的審查也不收翻譯作品，不論其翻譯具有何等分量。好像翻譯也不在學術領域之內。其實翻譯也有輕重優劣之分，和研究創作一樣未可一概而論。近年的翻譯頗有傑出之作，例如林文月教授所譯之《源氏物語》，其所表現的功力及文字上的造詣，實早已超過一般的創作與某些博士論文。潛心翻譯的人，並不介意獎勵之有無。如有機關團體肯於獎助，翻譯事業會更蓬勃。

翻譯沒有什麼一定的方法可說，譯者憑藉他的語文修養，斟酌字句，使原著以他認為最好的方式在另一種文字中出現而已。戲法人人會變，巧妙各有不同。

什麼才是好的翻譯？有人說，翻譯作品而能讓人讀起來不像是翻譯，才是好的翻譯。這是外行的說法，至少是誇張語。翻譯就是翻譯，怎能不像翻譯？猶之乎牛肉就是牛肉，怎能嚼起來不像牛肉而像豆腐？牛肉有老有嫩，絕不會像豆腐。

義大利有一句俗話：「翻譯像是一個女人——貌美則不忠貞，忠貞則其貌不美。」這句話簡直是汙辱女性。美而不貞者固曾有之，貌美而又忠貞者則如恆河沙數。譯者為了忠於原文，行文不免受到限制，因而減少了流暢，這是無庸諱言的事。不過所謂忠，不是生吞活剝的逐字直譯之謂，那種譯法乃是「硬譯」「死譯」。意譯直譯均有分際，不能引為拙劣的翻譯的藉口。鳩摩羅什譯的金剛經，和玄奘譯的金剛經，一為直譯，一為意譯，二者並存，各有千秋。

譯品之優劣有時與原著之難易有關。辜鴻銘先生為一代翻譯大師，其所譯之英國文學作品以〈癡漢騎馬歌〉及〈古舟子詠〉二詩最為膾炙人口，確實是既忠實又流利。但是我們要注意，這兩首詩都是歌謠體的敘事詩，雖然裏面也有抒情的成分。其文字則極淺顯易曉，其章節的形式與節奏則極簡單。以辜氏中英文字造詣之深，譯此簡明之作，當然游刃有餘。設使轉而翻譯米爾頓之《失樂園》，其得失如何恐怕很難預測了。

關於翻譯我還有幾點拙見：

一、無論是機關主持的，或私人進行的翻譯，對於原著的選擇宜加審慎。愚以為有學術性者，有永久價值者，為第一優先。有時代需要者，當然亦不可盡廢。唯嘗見一些優秀的翻譯人才做一些時髦應世的翻譯，實乃時間精力的浪費。西方所謂暢銷書，能禁得時間淘汰者為數不多。即以使世俗震驚的諾貝爾文學獎而言，得獎的作品有很多是實至名歸，但亦有浪得虛名不孚眾望者，全部予以翻譯，似不值得。

二、譯者不宜為討好讀者而力求提高文字之可讀性，甚至對於原著不惜加以割裂。好多年前，我曾受委託審查一部名家的譯稿——吉朋的《羅馬帝國衰亡史》。

這是一部大書，為史學文學的傑作。翻閱了幾頁，深喜其譯筆之流暢，迨與原文對照乃大吃一驚。原文之細密描寫部分大量的被刪割了，於其刪割之處巧為搭截，天衣無縫。譯者沒有權力做這樣的事。又曾讀過另一位譯者所譯十六世紀英國戲劇數部，顯然的他對於十六世紀英文了解不深。英文字常有一字數義，例如 flag 譯為「旗」。似是不誤，殊不知此字另有一義為「菖蒲」。這種疏誤猶可原諒，其大量的刪節原作，動輒一、二百行則是大膽不負責任的行為，徒以其文字淺顯為一些人所贊許。

三、中西文法不同，文句之結構自異。西文多子句，形容詞的子句，副詞的子句，所在多是，若一律照樣翻譯成中文，則累贅不堪，形成為人詬病的歐化文。我想譯為中文不妨以原文的句為單位，細心體會其意義，加以咀嚼消化，然後以中文的固有方式表達出來。直譯、意譯之益或可兼而有之。西文句通常有主詞，中文句常無主詞，此又一不同之例。被動語態，中文裏也宜比較少用。

四、翻譯人才需要培養，應由大學國文英語學系及研究所擔任重要角色。不要開翻譯課，不要開訓練班，因為翻譯人才不能速成，沒有方法可教，抑且沒有人能教。

在可能範圍之內，師生都該投入這一行業。重要的是改正以往的觀念，莫再把翻譯一概摒斥在學術研究與文藝活動之外。對於翻譯的要求可以嚴格，但不宜輕視。

炸活魚

報載一段新聞：新加坡禁止餐廳製賣一道中國佳肴「炸活魚」。據云：「這道用『北平祕方』烹調出來的佳肴，是一位前來訪問的中國大陸廚師引進新加坡的。即把一條活鯉，去鱗後，把兩鰓以下部分放到油鍋中去炸。炸好的魚在盤中上桌時，魚還會喘氣。」

我不知道北平有這樣的祕方。在北平吃「熗活蝦」的人也不多。杭州西湖樓外樓的一道名菜「熗活蝦」，我是看見過的，我沒敢下箸。從前北平沒有多少像樣的浙江餐館，小小的五芳齋大鴻樓之類，偶爾有熗活蝦應市，北方佬多半不敢領教。但是我見過正陽樓的夥計表演吃活蟹，活生生的一隻大蟹從缸裏取出，硬把蟹殼揭開，吮吸其中的蟹黃蟹白。蟹的八足兩螯亂扎煞！舉起一條歡蹦亂跳的黃河鯉，當著顧客面前往地上一摔，摔得至少半死，這是河南館子的作風，在北平我沒見過這種場面。至於炸活魚，我聽都沒有聽說過。魚的下半截已經炸熟，鰓部猶在一鼓一鼓的喘氣，如果有此可能，看了令人心悸。

我有一次看一家「東洋御料理」的廚師準備一盤龍蝦。從水櫃中撈起一隻懶洋洋的龍蝦，並不「生猛」，略加拂拭之後，咔嚓一下的把蝦頭切下來了，然後剝身上的皮，把肉切成一片片，再把蝦頭蝦尾拼放在盤子裏，蝦頭上的鬚子仍在舞動。這是東洋御料理。他們「切腹」都幹得出來，切一條活龍蝦算得什麼！

日本人愛吃生魚，我覺得吃在嘴裏，軟趴趴的，黏糊糊的，爛糟糟的，不是滋味。我們有時也吃生魚。西湖樓外樓就有「魚生」一道菜，取活魚，切薄片，平鋪在盤子上，澆上少許醬油麻油料酒，嗜之者覺得其味無窮。雲南館子的過橋麵線，少不了一盤生魚片，廣東茶樓的魚生粥，都是把生魚片燙熟了吃。君子遠庖廚，聞其聲不忍食其肉！今所謂「炸活魚」，乃於吃魚肉之外還要欣賞其死亡喘息的痛苦表情，誠不知其是何居心。禁之固宜。不過要說這是北平祕方，如果屬實，也是最近幾十年的新發明。從前的北平人沒有這樣的殘忍。

殘酷，野蠻，不是新鮮事。人性的一部分本來是殘酷野蠻的。我們好幾千年的歷史就記載著許多殘暴不仁的事，諸如漢朝的呂后把戚夫人「斷手足，去眼，熏耳，飲瘖藥，置廁中，稱為人彘」，更早的紂王時之「膏銅柱，下加之炭，令有罪者行焉，輒墮炭中，妲己笑，名曰炮烙之刑」。殺人不過頭點地，不行，要讓他慢慢死，要他供人一笑，這就是人的窮兇極惡的野蠻。人對人尚且如此，對水族的魚蝦還能手下留情？「北平祕方炸活魚」這種事我寧信其有。生吃活猴腦，有例在前。

西方人的野蠻殘酷一點也不後人。古羅馬圓形戲場之縱獅食人，是萬千觀眾的娛樂節目。天主教會之審判異端火燒活人，認為是順從天意。西班牙人的鬥牛，一把把的利劍刺上牛背直到牠倒地而死為止，是舉國若狂的盛大節目。獸食人，人屠獸，同樣的血腥氣十足，相形之下炸活魚又不算怎樣特別殘酷了。

野蠻殘酷的習性深植在人性裏面，經過多年文化陶冶，有時尚不免暴露出來。荀子主性惡，有他一面的道理。他說：「縱性情，安恣睢，而違禮義者為小人。」炸活魚者，小人哉！

憶李長之

前些日子常風先生寄我一幀複印的黑白照片，背面題識如下：

一九四八年十月二十三日北平懷仁學會善秉仁司鐸在北平王府井安福樓招宴留影

（由右起）

善司鐸　李長之（已故）

章川島（已故）　梁實秋先生

沈從文　楊振聲先生（已故）

常風　俞平伯先生

馮至　朱光潛先生（已故）

趙君（懷仁學會職員）

我已記不得將近四十年前有這樣的一次宴會，但是有照片為證，絕錯不了。照片中的善司鐸面部模糊不可辨識，我想不起他的風貌，不過我知道天主教神父中很多飽學之士，喜與文人往來。這一次宴會，應邀的都是學界人士。其中有四位已經作了九泉之客。照片中站在我身旁的李長之先生是我多年的朋友，喪亂後失去聯絡，直到看見這張照片才知道他已謝世。

長之是山東人，我忘記了他的鄉里。他不是彪形的山東大漢，而是相當瘦小「恂恂如鄙人」。經常穿著一件藍布寬博，多少有褦襶相。我之和他相識是經聞一多的介紹。當時（民二十三四之際）我在青島，一多在清華。一多函告清華有一位剛畢業的學生，名李長之，在天津《國聞週報》上發表了一篇文章，批評我不久才出版的《偏見集》，有見地，值得一讀。我立刻就找來讀了。《偏見集》是我在上海和某些左翼仁兄辯難文字的結集。長之大致上同意我的見解，認為文學乃基本的人性的發揚，談不到什麼階級鬥爭的說法。這在當時已經算是空谷足音了。像陳望道之類對

《偏見集》的批評，只是奉命搖旗吶喊而已。但是長之對我也有很嚴肅的指責，他說我缺乏一套完整的哲學體系作為文學批評的準繩。此一說法頗中肯綮。我的文學觀確實缺少他所謂的哲學體系的基礎。經他這一指點，我以後思索了好幾十年。雖然我的文學觀至今未變，我卻很感激他的批評。因為有此一段因緣，我以後就和他成為很好的朋友，真是所謂「以文會友」。

抗戰時我在北碚，長之在沙坪壩。我聽人說起，他承唐君毅教授之介認識了一位女生。據說女至孝，因此長之乃不勝其愛慕。復有君毅先生之執柯，立即委禽。不料結縭才數日，因細故遽起勃谿，而且情形相當嚴重，好事者繪影繪聲廣為傳播。我聞之不悅。婚姻之事，外人不可置喙，尤其不可作為談助。我逕函長之，問他願否來北碚參加國立編譯館的工作。他的家庭問題我始終一字不提。他欣然獨身就道，於是開始了我們在一起四五年的朝夕切磋。

我在編譯館的工作之一是主持一個翻譯委員會。委員會有成員十餘人。所譯作品視各人興趣而定，唯必須為學術典籍或文學名著。長之語我，願譯康德之三大批判，而且是從德文直接翻譯。我大吃一驚。承他相告，他離開清華之後曾從北大德文系教授楊丙辰先生習德文，苦讀兩三年而有成，讀德文哲學典籍可以略無滯礙。學習外國語文本非易事，唯思想學問業已成熟之學者若學習另一種外國文字，旨在讀書，而非會話，則用上三五年苦功即可濟事。最近在報紙上看到已故朱光潛先生生前發表過的一段文字：

我在快六十歲的時候，才自學俄文，一面聽廣播，一面抓住契柯夫的《櫻桃園》和《三姊妹》，屠格涅夫的《父與子》和高爾基的《母親》這幾本書硬啃，每本書都讀上三四遍。這些工作都是在課餘的時間做的，做了兩年之後，我也可以捧著一部字典去翻譯俄文書了。……

（民國七十五年三月九日「聯副」）

朱光潛先生自修俄文兩年便自信可以翻譯俄文書了，實在很驚人。有為者亦若是。所以長之從名師學德文兩三年便可譯康德的三大批判，並非妄舉。我當時和長之約定，立即動手翻譯，期以十年的工夫竟其全功。在烽火連天生活困苦的情況之下，長之埋首翻譯，真正的是廢寢忘食，我很少遇見這樣認真的翻譯工作者。他每遇到一段精采的原文，而自信譯筆足以傳達原文之妙，輒喜不自勝，跑來讀給我聽，一再的歡喜讚歎。我聽不懂，他就再讀一遍，非教我點頭稱許不可，大有「知音如不賞，歸臥故山秋」之概。我只好硬聽下去。他這部翻譯，因猝然抗戰結束，匆匆返鄉，他離開編譯館，故未完成，甚為可惜。

抗戰結束後我們又在北平聚首，同在師大執教。師大為安頓教職員的生活，在西城某一大禪寺租了一個大跨院，專供教師居住，長之分得了三間，兩明一暗，可以棲遲。寺的名稱，我記不得了，不過我還記得該寺規模不小，有相當大的藏經樓。僧房寂寂，曲徑通幽。長之要我寫張字給他，我當時正在熱心讀杜詩，便寫了〈遊龍門奉先寺〉給他，他看了「欲覺聞晨鐘，令人發深省」之句，別有會心，相與拊掌。

有一天他偕季羨林先生來看我。羨林是他的同學好友，又是同鄉，二人最為相得。這一次二人的面色有異，甚為凝重。原來是長之夫婦又行反目，羨林拖他來要我勸解。其起因小事一端。一日，太太出去買菜，先生伏案為文。太太歸來把菜筐往桌上一拋，其中的豆芽白菜等等正好拋在長之的稿紙上面，濕汙淋漓，一塌胡塗。長之大怒，遂啟爭端。我告訴長之，太太冒著暑熱出去買菜，乃辛苦事，你若陪她上菜市，歸來一同洗弄菜蔬，便是人生難得的快樂事，作學問要專心致志，夫妻間也需要一分體貼。我直言奉勸，長之默然，但厥後不復聞有勃谿之聲。

三十七年冬，北平吃緊，風雨欲來，我想以避地為佳，倉皇南下，臨行留函告知諸友。抵廣州後，得長之函，像其他友朋一樣，對我之不辭而別深致惋惜，以為北平才是自由呼吸之地。稍後，我的朋友中有人在街上大扭秧歌。聽說長之也有文章發表，暢論教育改革。他們以後怎樣的一個個的打入牛棚，我就不大清楚。長之怎樣的結束了他的一生，我也至今不大明白。如今看到舊的照片，不勝唏噓而已。

上文發表後，得朱定裕先生自日本函告我文中所稱「西城某一大禪寺」實為廣濟寺。附寄文件中說李長之的卒年是六十七年十二月十三日，死於中毒性肺炎。

又臺北陳光煒先生函，關於李長之的生平有所補充，略云：「李於北平陷共後，參加投共教職人員會議，起草『迎接解放』的宣言，以後又起草擁護共軍渡江宣言等電文。三十九年二月，向中共提出入黨申請，未獲允准。後發表〈《魯迅批判》的自我批判〉一文，承認錯誤。（李於二十四年曾寫《魯迅批判》，在《益世報》連載。）四十三年，響應批判胡適運動，曾發表〈胡適的思想面貌和整理國故〉等文，對胡進行攻訐。

四十五年中共提出『百花齊放百家爭鳴』的口號，李長之撰〈欣聞百家爭鳴〉一文發表於《人民日報》，歌頌中共『鳴放』政策。但四十六年五月『鳴放』以後李長之竟被打成『反黨反社會主義右派分子』，下放勞改，迭遭迫害，從此不再發表文章。文化大革命期間，又被打成『資產階級反動學術權威』，『攻擊魯迅的老牌反革命分子』，關入牛棚，屢遭批鬥毆辱，至六十五年冬始獲『解放』。但因久受折磨，兩腿半癱，右手殘廢，已無法執筆寫作，曾多次為此嚎啕痛哭。六十七年十二月十三日死於北平，終年六十八歲。」

一併附誌於此，藉表謝意。

珠履三千

《史記》：「春申君客三千餘人，其上客皆躡珠履。」鞋上綴幾顆珍珠，並不一定雅觀，只是形容豪門食客之驕奢而已。究竟三千餘人並非個個都躡珠履，僅限於上客才有此殊榮，然而亦足以誇耀一時，駭人聽聞。

至若一個人而擁有名鞋三千雙，寧非咄咄怪事？

菲律賓前第一夫人伊美黛偕乃夫倉皇離開馬拉坎南宮的時候，雖然輜重財寶填滿了兩架飛機，有許多東西仍然不能不忍痛割捨了，其中的一項是她的三千雙鞋。

一九八六年三月二十四日的《新聞週刊》這樣的報導：「三千雙鞋，八吋半的尺碼。五架櫃沒使用過的義大利古奇牌手提包，附帶著價格標籤尚未除去。五百條乳罩，大部分是黑色的，還有一大箱的腰帶，腰圍四十到四十二吋不等。大瓶香水，若干罐狄歐（編案：即迪奥）牌皺紋霜，一個可以走進人的保險箱裏面，亂放著好幾十個空首飾匣。上個星期馬可仕夫婦的宮殿開放給人遊覽，外國人和本國人看了第一夫人留下的東西，無不為之傻眼。一位美國訪客，眾議員斯提芬・索拉茲，說：『這是我從未見過的驕奢淫佚之最惡劣的一例。若把瑪利・安朵奈和她相比，真是小巫見大巫。』」

過了不久，四月十四日的《新聞週刊》又有報導，是馬可仕先生的怨訴：「馬可仕先生接受ABC美國廣播公司記者訪問時，抱怨一切對他私人事務的探索，堅稱在國際公法之下『一個國家的前任元首具有某種免於被人追究的權利，以保護其尊嚴』。記者科排爾卻不顧他的尊嚴，問他伊美黛為什麼有三千雙鞋。『唉，她是弄到了各種各樣的鞋，』他承認。『她大概是每天要換兩雙鞋。』他解釋說，伊美黛存有這許多鞋，『是預備穿二十年的。』馬可仕駁斥了有關伊美黛過分奢侈的故事。『出國購物的故事是捏造的，』他說。『全是謊言。』馬可仕聲稱，他的家財的數量也被形容得過分。『目前我們很窮，』他抱怨。『我們沒有錢可以動用。』這位前總統，他沒有錢付醫藥費和食物費，因為『一切銀行存款皆被凍結了』。」

不解釋還好，越描越黑。

鞋三千，不是一個小數目。普通的一個鞋店未必能有寬綽的空間展示或存儲那麼多的貨品。伊美黛的鞋，據《新聞週刊》所附圖片，是貯放在有玻璃拉門的鞋櫃裏面，一目了然，可以伸手取放。圖片僅顯示了一只半鞋櫃的部分情形，據推測一只鞋櫃分五格，每格置十雙鞋於前排，又十雙於後排，是每只鞋櫃存放鞋一百雙。須有三十只鞋櫃才能放得下三千雙鞋！至少須有三五十坪的空間才能放得下三十只鞋櫃！我們普通人家能有三五十坪居住空間，便算是相當優裕，然而僅足這位第一夫人放置她的鞋！然而馬可仕先生不承認其夫人是過分奢侈。

晉人阮孚有怪癖，常自吹火蠟屐，自言自語的歎道：「未知一生當著幾量屐。」他是有感於人生苦短，不知一輩子能穿幾雙鞋。他大概萬想不到後世有人藏有三千雙鞋準備二十年穿。我相信伊美黛一定也有鞋癖。她不會把二十年所有生活必需品都逐項儲積起來。她只是收藏了三千雙鞋而已。例如她的乳罩就只有五百條。她的鞋都是很考究的舶來品，細看那圖片即可見一斑，也許是購自巴黎，也許是購自義大利。買鞋不能派人代辦，非自己挑選試穿不可，所以這位第一夫人不能不經常出國旅遊大事採購。然而馬可仕先生說出國大事採購的故事是捏造的，完全是謊言！

人至貴顯，便容易作威作福，忘其所以。不過像伊美黛那樣的大手筆，歷史上還是少見的。我猜想，她可能是心理上有毛病，可能是患了一種精神病，即所謂「購買狂」（Oniomania）。染上這種病的人，看見東西就要買，直到囊中金盡而後已。設若貲財來源沒有限制，有全體民脂民膏做後盾，則其購買量亦必大得驚人。三千雙鞋的由來，也許就是為了滿足她一時的慾望。說什麼一天換兩雙，供二十年用，瞎扯！

講到這三千雙鞋，不禁想起《書經》上的一句話：「天非虐，唯民自速辜。」天不虐待人，是人自己造孽！

與莎翁絕交之後

我於民國五十六七年譯完莎士比亞全集，先後出版，共四十冊，當時吐了一口大氣，真是如釋重負。這個重負壓在我肩上歷三十年之久。其間由於客觀環境以及自身的疏懶，有許多許多空檔繳了白卷，但是三十年間這個負擔對我的壓力則未曾一日或減。一旦甩掉了包袱，當時心情之愉快可想。一時忘形，私下裏自言自語的說：「莎士比亞先生，我從此將要和你絕交了！」絕交一語也許下得太重了一些。時間相差四百多年，空間相距十萬八千里，彼此風馬牛不相及，往日無冤，近日無仇，是我自動的找上他的門來，不自量力，硬要把他的全集譯成中文，幸喜沒有版權問題，所以也未徵求他的同意。翻譯過程之中，我也得到不少樂趣，即使譯筆拙劣，或恐有誤解原文之處，他也默不作聲。所以我對莎翁只有感謝抱歉，怎好說出絕交二字？何況我根本不敢謬托知己？不過我確實也有抱怨，怨他的寫作數量實在太多，精采的作品固然層出不絕，早年的作品（尤其是與人合作的那一部分），並不怎樣令人擊賞。而譯者沒有權利挑肥揀瘦任意割裂，必須一視同仁的依樣葫蘆。因此之故，為了他，我的三十年光陰就在埋頭苦幹中度過去了。我這一生還有別的事情要做，還有別的東西要寫，不能不冷落他一下，也許就真的從此斷絕關係。久已想寫一篇〈與莎士比亞絕交書〉，詳述我心中的感觸。病懶，一直沒有秉筆。

我沒有到過歐洲，不曾參觀過莎氏故鄉。不是沒有前去遊覽的機會，只因時局的關係一再的未能如願。嘗引英文亞瑟・魏萊的話為我自己解嘲。魏萊譯了不少的中國詩，但是他畢生不曾一履中土。有人問他為何不命駕東遊，他回答說：「我認識的中國人都是唐宋時人，早已作古，我去看誰？」可是朋友們都為我抱屈，幾乎一致的認為我沒有不去瞻仰莎氏故鄉的理由。

朋友中到過斯特拉福鎮的亨烈街莎氏出生地的人，於欣賞那座於一八五七年大事整修過的木造房屋之際，遙想一五六四年四月（大概是二十三日）梨花蘋果花正在盛開，詩人莎士比亞誕生了。他們也登時想起了我，他們臨去時總要買一些導遊小冊及圖片之類的紀念品給我。他們到了少特萊鎮訪問莎氏夫人安·哈塔威的農舍，看到滿園的花樹姹紫嫣紅開遍，看到起居室內那一具粗木製的鴛鴦椅，他們不禁想到莎氏當年和哈塔威小姐坐在一起喁喁談情說愛的情況，他們就說：「梁某某真應該來看看。」

有一位訪問了莎氏「新居」，那是莎氏於一五九七年花了六十鎊買到的寓所，比出生地舊居漂亮多了，為那時候當地第二幢豪華房屋。可惜屋前一棵大桑樹據說是莎翁手植，於一七五八年被砍伐掉了。我的朋友買了一個小小的木雕莎翁半身像送我。據說就是用那棵大桑樹的木料雕成的，是真是假無從對證。

又有一位憑弔莎翁墓於聖三一教堂，看到牆上有莎翁的半身石像，是塗了顏色的（古羅馬石像很多是塗顏色的），像下面便是莎翁墓，一塊不大起眼的石碣平鋪在地面上，上面沒有死者的生卒年月，只有四行並不怎樣高明的詩，然而一代大詩人就是長眠於此。這位朋友裵裒不忍去，最後買了一張由教堂司事簽名證明的墓碣拓片送我。這樣的拓片我已積有兩張。

此外諸如阿汶河上的風景，莎翁母親家的寓所，莎氏紀念堂、劇院，倫敦南岸當年的幾個劇院的遺址所在，對我都不是陌生的。雖然我未親臨其地，但是在我心目中都有明顯的印象，因為承朋友們的好意，這些年來時常的供應我有關莎氏的資料。甚至有些不相識的人，自稱「讀者」（大概是指中譯本的讀者吧？）也從海外寄我圖片，例如從丹麥寄來的愛爾新諾古堡圖片（《哈姆雷特》一劇的背景）。又有人自義大利寄來的羅密歐茱麗葉談情的那個陽臺的圖片。這些大大小小的頒贈都有助於我的見聞，使我無須親自跋涉，省卻不少草鞋錢。

自從決計與莎翁絕交，對上述種種的紀念品就不復感覺興趣，只好束之高閣。甚至我長期訂閱的《莎士比亞季刊》也停止續訂了。《國際莎士比亞年刊》我也不復閱讀。每年戲劇季節，英國、加拿大和美國的某些都市都有莎劇上演，宣傳品不斷寄來，我只能略微翻閱而已。未嘗不想去看，但已無餘勇可賈。不過已有三十年的糾葛，要說一刀兩斷也不是容易事。何況有些朋友不大了然我的心情，偶爾仍以有關莎氏的問題詢及芻蕘，我也不能不重拾舊好再與周旋。例如「倍根學說」，那是老掉牙的問題，固然不值一提，但是也有較新、較為具體的一些研究，未便一筆抹煞。例如一位美國學者霍夫曼從一九三六年起就在心中萌長一項猜疑，以為莎士比亞乃一位演員而已，其作品則恐怕是出於瑪婁之筆。他花了十八年的功夫「上窮碧落下黃泉」不斷的奔走研究，他想在文字方面用簡單統計方法企圖證明莎氏與瑪婁實為一人，但是種種內證均不足以服人。最後他想到非舉有力的外證不可。他認定莎氏作品的原稿一定是藏在當時特務頭子華興安爵士的墓裏，因為華興安是瑪婁的上司。於是奔走求情，上下關説，意欲打開墳墓一窺究竟。挖掘墳墓非同小可，他竟能層層打通，但終為當地牧師否決，功虧一簣。霍夫曼欲解之謎仍然是一個謎以至於今。有人問我對此事有何評論。我的看法是：莎氏作品與瑪婁作品俱在，作風迥異，不可能是一個人。劇本在當時不是文學「作品」，不可能被人重視到拿去殉葬。霍夫曼枉費精神。

我所看見的最新的一篇莎氏研究論文是美國斯丹佛大學生物統計研究所一九八六年四月發表的一篇專門報告（列為第一百一十一號），題目是「莎氏是否寫過新近發現的一首詩」？作者是吉斯臺德與艾夫龍。有人複印了一份給我，並且問我的意見。論文提要如下：

一九八五年十一月裏牛津大學圖書館中發現了一首七節的詩，是前所未見的，被認爲是莎士比亞作品。這首詩眞是莎士比亞寫的麼？茲以艾夫龍與吉斯臺德在一九七六年討論過的「非參數的經驗的貝葉斯模型」對此詩用字方式之一貫性與莎士比亞眞實作品用字方式之一貫性作一比較研究。例如，此詩有九個單獨不同的字，是在以前莎氏作品中從未出現過的，而按照貝葉斯模型預測，在這樣短的一首詩裏其期望值爲六點九七。爲了更加了解此一模式之限制，我們也考慮了章孫、瑪婁、鄧約翰的詩，以及四首確屬莎氏作品的詩。總而言之，此詩相當合理的與莎氏以前的寫作慣例相符合，故可據以相信此詩確爲莎氏所寫。

論者使用的統計方法精緻而客觀，可以說是很科學的。案：在莎氏研究中使用統計方法已有相當長久的歷史。一七七八年馬龍首先提出了「詩行測驗法」（Verse test），重點在計算詩行用韻以及聯行在全部作品中之比例，其目的在於確定莎氏作品之寫作年代，亦即我們所謂的「繫年」。此後莎氏全集之編纂者幾無不採用「詩行測驗法」。雖然各家測驗的結果並不完全一致的精確，但統計方法之值得使用是不容置疑的。

此一論文之檢討的對象是此詩之字彙，其目的在於「辨偽」。作者計算莎氏全部作品共八八四六四七個字，在這八十八萬多字之中各別不同的字有三一五三四個。一九八五年十一月十四日美國學者泰勒在牛津圖書館發現的這首詩很短，共僅四百二十九個字，其中各別不同的字有二百五十八個。在這二百五十八個字當中，有九個字是莎氏作品中所未見過的新字，例如 admiration 一字在莎氏作品中出現過十四次，但是從未以複數形出現過，所以 admirations 算是一個新字。另有七個字出現過一次，五個出現過二次……。該論文只考慮出現過九十九次或不及九十九次的字。根據這些統計數字，細加分析，因而得到此詩並非贗品的結論。

我最初讀到這首新發現的詩，憑直覺的主觀的品味，以其內容之淺陋，不似大詩人之手筆。繼而比較莎氏早年所作之詩歌，尤其是〈鳳凰與斑鳩〉、〈熱烈的情人〉、〈雜調情歌〉等篇，我想此一新發現的詩也許可以歸入「少作」之列。再者，詩與歌本來可以有別。歌側重唱的效果，行要短，韻要繁，要有聲調鏗鏘之致。凡是流行歌曲無不如是。如今有統計的證明其非偽，我們也可以承認這是莎氏早年所作的一首情歌吧。

莎翁全集卷帙浩繁，已經夠我們研讀的了，再加上一首歌，又有何妨？

二手菸

我是吸菸的世家子弟，經過三代的熏染，自然的成為此道老手。我抽雪茄，一天不超過一枝，飯後偶一為之。我抽菸斗，一度終日斗不離手。但是我抽紙菸，則有三十年的歷史，直到日盡一聽，而意猶未足。牙齒熏黑了，指尖染黃了，不以為憾。

我認識一個人，抽菸的歷史比我長，菸癮比我大，為了省錢專抽什麼蜜蜂牌公雞牌的廉價菸。枕邊長備香菸火柴，早晨醒來第一樁事就是躺著吸一根菸，然後再起床。而且常表演一手特技，猛吸一口菸，閉上嘴，硬把煙嚥了下去。天長日久，他的肺爛了。那時候大家還不知道什麼肺癌之說，或稱之曰肺癰。後來他就在咳嗽之中大口大口的吐出一塊塊淤血爛肺而亡。我照常抽菸，不以為誡。

勸人戒菸的說法很多。「你若省下買菸的錢，十年二十年之後可用以購置一幢房子。」最好的回答是：「閣下不抽菸，請問你的房子安在？」提起吸菸之害，話題就多了，諸如損食慾，汙牙齒，引口臭……耳熟能詳，誰不知道。人不可無嗜好，人各有所好，「我自調心，何關汝事。」於是我就我行我素繼續不斷的抽下去。吸菸是我生活中不可或少的一部分。

有一天，在學校的一個會議裏，我嘴上叼著菸斗，擺頭的電扇忽從背後吹來一陣風，把我菸斗裏的半燃著的菸草吹得滿天星斗，而且直吹到對面坐著的一位女士的身上。灰燼落在她的薄衫上面，幸而沒把她的衣服燒出洞，也沒有釀成火災。她嚇得驚叫，我只得連聲道歉。事後我為了這件事苦悶了好幾天。

自古志行高潔之士，我想，都是有所為有所不為，有適當的選擇能力，有高度克己自制的功夫。我也是人，為什麼要心甘情願的受菸草裏的尼古丁所挾持支配而不能自拔？我想從戒菸一件小事測驗我自己究竟有沒有一點點自制的能力。於是我把當時所有的菸斗、紙菸、雪茄一起拋棄，以示破釜沉舟之意。只有大大小小的菸灰缸沒有丟。就這樣「冷火雞」方式使我脫離了菸籍。

最近看到《新聞週刊》（一九八六年七月二十八日）的一段紀事，我大為感動。

美國第二大菸草製作商瑞諾茲公司的大股東之一瑞諾茲先生，三十一歲，以演員為業，兩年前把菸戒掉，如今更進一步加入「美國肺臟學會」，參加這學會所發起的「反吸菸運動」作為發言人。瑞諾茲公司是他祖父所創立，營業鼎盛，祖孫三代吃著不盡。但是他毅然決然擺脫家族關係，解除了他的股權。雖然他自承其動機是由於他的父親五十八歲死於肺氣腫，他自愛愛人的勇氣仍然是很難得的。有人譏笑他，說他是「咬了伸手餵他的人」。他回答說：「那隻餵過我的手，也殺死過數以百萬計的人，且將繼續殺死更多的數以百萬計的人。」瑞諾茲先生可以說是「知恥近乎勇」。

由於報章宣傳，我才知道二手菸之為害於人有甚於直接吸菸者。我回想起，從前吸鴉片煙的人家，常喜歡含一大口煙噴那蜷伏煙榻旁邊的哈巴狗。不久那哈巴狗也上了癮。不按時噴牠，牠也會涕泗交流。如今美國有人提倡反吸菸運動，從拒絕吸二手菸作起，是很合理的。我國所受菸害已經創痛鉅深，聽說現在中小學學生吸菸的人數與日俱增，著實可怕。日前我在一家餐館吃飯，鄰桌的幾位先生興致甚豪，飲食之外猛吸紙菸，吞雲吐霧，怡然自得。我心想，你願吞雲，盡可由你，你要吐霧，則連累他人，萬使不得，我不能干涉他，我只能避席換座。

信用卡

二十年前，一位從來足未出國門一步的朋友，移民到了美國，數年後回國遊玩，見了親友就從懷中取出一疊信用卡，不下七八張之多，向大家炫示。或問此物作何用途，答曰：「就憑這個東西，我身上不帶一文錢，即可遊遍天下。」話雖誇張，卻也有幾分近於實情。

信用卡就是商業機構發行的一種證明卡片，授權持有人憑卡到各特約商店用記帳方式購買物品或服務。通常是按月結帳，當然要加上一點服務費用。這樣，買東西就很方便。一個主婦在超級市場買日用品，堆滿一小車，到出口算帳，出示信用卡即可不必開支票，更無須付現，而且通常還可取得十元現鈔作零用，一起算在帳內。我的這位朋友買飛機票回國，也是使用信用卡。

用信用卡買東西等於是賒帳，先享用後付錢。但是要負擔服務費，等於付利息。而且有了信用卡，有些顧頭不顧尾的人不免忘其所以的大事採購。等到月底結算，帳單如雪片飛來，就發急得乾瞪眼。「借錢如白撿，還錢認喪氣。」把信用卡欠下的帳還清，可能一個月的收入所餘無幾。下個月手頭空空，依然可以用信用卡度日。欠欠還還，還還欠欠，一年到頭過著「蝨多不癢，債多不愁」的日子。這就是一般美國人的生活方式。如今這個制度也傳到我們國內，不過推行尚不甚廣。

在美國幾乎人人有信用卡，而且不止一張。如果一個人沒有信用卡，有時候要遭遇困難。因為美國沒有身分證，信用卡就可以證明身分。當初申請信用卡是經過一番相當嚴密查證手續的，有無職業、固定薪給若干，以及種種相關事項都要查得一清二楚。所以信用卡表示一個人的信用，也表示他有償債的能力。一個人在美國非欠債不可，不欠債即無從表示其有償債的能力。信用卡比身分證還有用。

這和我們的國情不大相合。我們傳統的想法是在交易之際一手交錢一手交貨，銀貨兩訖，清清楚楚。許多飲食店都貼著一張字條：「小本經營，概不賒欠。」遇到白吃客硬要掛帳，可能引起一場毆鬥。可是稍大一點的餐館，也有所謂簽帳之說，單憑簽個字就可抹抹嘴揚長而去，這些豪客大半都是有來歷的人。不簽字記帳不足以顯出威風。餐館老闆強作笑顏，心裏不是滋味。

從前我們舊社會不是沒有欠帳的制度。例如在北平，從前戶口沒有大的流動，老的商店都擁有一批老主顧。到飯館去吃飯，櫃上打電話到酒莊，「某某胡同的×二爺在我們這裏，送兩斤花雕來。」酒莊就知道×二爺平素愛喝的是多少錢一斤的酒，立刻就送了過去，錢記在×二爺的帳上。欠帳不是什麼好事，唯獨喝酒欠帳，自古以來，就可以大言不慚的行之若素，杜工部不是說「酒債尋常行處有」，陸放翁不是也說「村酒可賒常痛飲」嗎？

不要以為人窮志短才腆著臉去欠債。事實上越是長袖善舞的人越常欠債，而且債額大得驚人。俗語說「債臺高築」，形容人的負債之多。其實所謂「債臺」並不是債務累積得像一座高臺。「債臺」乃是逃債之臺。戰國時，周赧王欠債甚多而無法清償，而債主追索甚急，王乃逃往誃臺以避債。誃臺，亦作誃臺，古代宮中之別館。漢書有云「逃責之臺」，責即是債。古時就有逃債之說，不過只是躲在宮中別館裏而已，遠不及我們現代人的逃債之高明，挾巨貲遠走高飛到海外作寓公！

由信用卡說到欠債，好像扯得太遠了。其實是一樁事。不習慣舉債的人，大概也不願意使用信用卡。信用卡一旦遺失被竊或被仿造，還可能引起麻煩。

流行的謬論

有許多俚語俗諺，都是多少年下來的經驗與智慧累積鍛鍊而成。簡單的一句話，好像含著顚撲不破的眞理。所以在言談之間，常被摭引，有時候比古聖先賢的嘉言遺訓還更親切動人。由於時代變遷，曩昔的金言有些未必可以奉爲圭臬，有些即使仍在流行，事實上也已近於謬論。如要舉例，信手拈來就有下面幾條：

一、樹大自直

一個孩子，缺乏家教，或是父母溺愛，很易變成性情乖張，恣肆無禮，稍長也許還會沾染惡習，自甘墮落。常言道：「三歲看小，七歲看老。」悲觀的人就要認為這個孩子沒有出息，長大了之後大概是敗家子或社會上的蠹蟲。有些人比較樂觀（包括大多數父母在內），卻另有想法：「沒關係，樹大自直。」「浪子回頭千金不換」的故事不是常有所聞的嗎？

樹大會不會都能自直，我懷疑。山水畫裏的樹很少是直的，多半是倚裏歪斜的，甚或是懸空倒掛的。「撫孤松而盤桓。」那孤松不歪不斜便很難去撫。景山上的那棵歪脖樹，是天造地設的投繯殉國的裝備，至今也沒有直起來。當然，山上的巨木神木都是直挺挺的矗立著的，一片片的杉木林全是棟梁之材，也沒有一棵是彎曲的。這些樹不是長大了才變直，是生來就是直的。堂前栽龍柏，若無木架扶持，早晚會東歪西倒。

浪子回頭的事是有的，但是不多，所以一有這種事情發生便被人傳誦，算是佳話。浪子而不回頭者則滔滔皆是，沒有人覺得值得齒及。沒出息的孩子變成有出息，我們可以舉出許多例子，而沒出息的孩子一直沒出息到底則如恆河沙數。

樹要修要剪，要扶要培。孩子也是一樣。彎了的樹不會自直，放縱壞了的孩子大概也不會自立。西諺有云：「捨不得用板子，便會縱壞了孩子。」約翰孫博士不完全反對體罰，孩子的行為若是不正，在他身上肉厚的地方給幾巴掌，他認為是最簡捷了當的處理方法。

二、蝨多不癢，債多不愁

晉王猛「捫蝨而言，旁若無人」，固然是名士風流，無視權勢。可是他的大布褂內長滿了體蝨（有無頭蝨陰蝨我們不知道），那分奇癢難熬，就是沒有多少經驗的人也會想像得出。嵇康與山巨源絕交，也自稱「性復多蝨，把搔無已」，作為是不堪「裹以章服揖拜上官」的理由之一。若說蝨多不癢，天曉得！蝨不生則已，生則繁殖甚速，孵化很快，蝨越多則越癢，勢必非「倩麻姑癢處搔」不可。

對許多人而言，借貸是尋常事。初次向人告貸，也許帶有幾分忸怩，手心朝上，「口將言而囁嚅」。既貸到手，久不能償，心頭上不能不感到壓力，不愁才怪！債越多則壓力越大。債主逼上門來，無辭以對，處境尷尬，設若遇到索債暴徒，則不免當場出彩。也許有人要說，近有以債養債之說，多方接納，廣開債源，債額越大，則借貸越易，於是由小債而變成大債，挹彼注此，左右逢源，最後由大債而變成呆帳，不了了之。殊不知這種缺德之事也不是人盡能為，必其人長袖善舞而且寡廉鮮恥，隨時擔著風險，若說他心裏坦然，無憂無慮，恐亦不然。又有人說，逋不能償，則走為上計。昔人有「債臺高築」之說，所謂債臺即是逃債之臺。如今時代進步，欲逃債可以遠走高飛，到異鄉作寓公，不必自己高築債臺，何愁之有？殊不知人非情急，誰也不願效狗急之跳牆。身在外邦，也要藏藏躲躲，見不得人，我猜想他的那種生活也不是一個愁字了得。

有蝨必癢，債多必愁。

三、老天爺餓不死瞎家雀兒

有人真相信「天地之大德曰生」，對於一切有情之倫掙扎於瀕死邊緣好像是視若無睹。人間有無法餬口者，有生而殘障者，有遭逢饑饉，旱澇蝗災，展轉溝壑者。他認為不必著慌，「船到橋頭自然直」，冥冥之中似有主宰，到頭來大家都有飯吃。即使是一隻瞎家雀也不會活生生的餓死。

誰說的！我在寒冷的北方就不止一次看到家雀從簷角墜下，顯然的是飢寒交迫而死，不過我沒有去驗牠是否瞎的。我記得哈代有一首詩，題曰「提醒者」，大意是說他在耶誕前夕正在準備過一個快樂的夜晚，忽見窗外寒枝之上落著一隻小鳥，凍得直哆嗦，餓得啄食一個硬乾果，一下子墮下去像個雪球似的死了。他歎道，我難得剛要快活一陣，你竟來提醒我生活的艱難困苦！這是典型的悲觀主義者哈代的一首小詩，他大概不知道我們的那句俗話「老天爺餓不死瞎家雀兒」。麻雀微細不足道，但是看看非洲在旱災籠罩之下，多少人都成了餓殍，白骨黃沙，慘不忍睹，是人謀不臧，還是天降鞠凶？人在情急的時候，無不呼天搶地，天地會一伸援手嗎？有些地方旱魃肆虐，忽然大雨滂沱，大家額手相慶，感謝上蒼，沒有想到雨水滋潤了乾土，蝗蟲的卵得以在地下孵化，不久就構成了蝗災。老天爺是何居心？

天生萬物，相剋相殺，沒有地方講理去，老天爺管不了許多。

四、好的開始便是成功的一半

這句話是從外語翻譯過來的，很多人常把這句話掛在嘴邊。未嘗不是一句善頌善禱的話，當事人聽了覺得很受用。但是再想一下，一個輝煌的開始便是百分之五十成功的保證，天下有這等便宜事？

《詩．大雅．蕩》：「靡不有初，鮮克有終。」是比較平實的說法。我們國人做事擅長的一手是「五分鐘熱氣」，在開始時候激昂慷慨，鋪張揚厲，好像是要雷厲風行，但是過不了多久，漸漸一切拋在腦後，雖然口裏高唱「貫徹始終」，事實上常是有始無終。

參加賽跑的人，起步固然要緊，但最後勝利卻繫於臨終的衝刺。最近看我們的一個球隊參加國際比賽，開始有板有眼，好一陣子一直領先，但是後繼無力，終落慘敗。好的開始似乎無關最後的成敗。

五、眼不見為淨

老早有人勸我別吃燒餅，說燒餅裏常夾有老鼠屎，我不信。後來我好奇，有一天掰開燒餅看看，赫然一粒老鼠屎在焉。「一粒老鼠屎攪亂一鍋粥！」從此我有了戒心，不敢常吃燒餅。偶然吃一次，必先掰開仔細看看。

有人笑我過分小心。他的理論是：我們每天吃的東西種類繁多，焉能一一親自檢視，大致不差也就是了，眼不見為淨。人的肉眼本來所見有限，好多有毒的或無害的微生物都不是肉眼所能窺察得到的。眼見的未必淨，眼不見的也未必不淨。他這種說法好有一比，現代司法觀念之一是：凡嫌犯之未能證實其為有罪之前，一律假設其為無罪。食物未經化驗其為不淨，似乎也可以認為它是淨的。這種說法很危險，如果輕信眼不見為淨，很可能吃下某些東西而受害不淺，重則致命，輕則纏綿病榻伏枕呻吟。

科學方法建設在幾項哲學假設上面，其中之一是假設物質乃普遍的一致。抽樣檢查之可靠性也是假設其全部品質都是一樣的。我們除了信賴科學檢驗之外別無選擇。

俗語説：「過水為淨。」不失為可行，蔬菜水果之類多洗幾遍即可減除其中殘留的農藥。不過食物不是都可以水洗的。

「眼不見為淨」之説固不可盲從，所謂「沒髒沒淨，吃了沒病」之説簡直是荒謬。

六、伸手不打笑臉人

笑臉是不常見的。常見的是面皮綳得緊緊的驢臉，可以刮下一層霜的冷臉，好像才吞了農藥下去的苦臉，睡眠不足的或是劬勞瘏悴的病臉，再不就是滿臉橫肉的兇臉。所以我們偶然看見一張笑臉，不由得不心生喜悦。那笑臉也許不是生自內心而自然流露，也許是為了某種需要而強作笑顏。臉不必笑得像一朵花，只要面部肌肉稍為放鬆，嘴角稍為裂開一點，就會給人以相當的舒適感。我一向相信，笑臉是人際關係中可以通行無阻的安全證。即使人在盛怒之中，摩拳擦掌，但是不會去打一個笑臉人，他下不去手。

最近看了報上一則新聞，開始覺得笑臉並不一定能保障一個人的安全。賠笑臉有時還是免不了挨嘴巴，事屬常有，我所見的這條新聞卻不尋常。有一位不務正業而專走邪道的青年，有一天踉蹌的回家，狼狽的伏在案頭，一言不發。老母見狀，不禁莞爾。這一笑，不打緊，不知年輕人是誤會為譏笑、訕笑，或是冷笑，他上去對準老母胸前就是一拳。老母應拳而倒，一命歸西！微微一笑引起致命的一拳。以後下文如何，不得而知。

人到了要伸手打人的時候，笑臉不但不足以禦強拳，而且可以招致殺身之禍。但願這是一條孤證。

七、吃一行，恨一行

「三百六十行，行行出狀元。」這是說職業不分上下，每一行範圍之內一個人只要努力，不愁不能出人頭地作到頂尖的位置。這也是勸勉人各就崗位奮鬥向上，不要一味的「這山望著那山高」。究竟行還是有高低，猶山之有高低。狀元與狀元不同。

西瓜大王不能與鋼鐵大王比，餛飩大王也不能和煤油大王比。

每一行都有它的艱難困苦，其發展的路常是坎坷多舛的。投身到任何一個行當，只好埋頭苦幹。有人只看見和尚吃饅頭，沒看見和尚受戒，遂生羨慕別人之心，以為自己這一行只有苦沒有樂，不但自己唉聲歎氣，恨自己選錯了行，還會諄諄告誡他的子弟千萬別再做這一行。這叫做「吃一行，恨一行」。

造出「吃一行，恨一行」這句話的人，其用心可能是勸勉大家安分守己，但是這句話也道出了無數人的無可奈何的心情。其實幹一行應該愛一行才對。因為沒有一行沒有樂趣，至少一件工作之完滿的完成便是無上樂趣。很多知道敬業的人不但自己滿足於他的行當，而且教導他的子弟步武他的蹤跡，被人稱為「克紹箕裘」，其間沒有絲毫恨意。

八、子不嫌母醜，狗不嫌家貧

狗是很聰明的動物，但不太聰明。乞丐拄著一根杖，提著一個缽，沿門求乞，一條瘦狗寸步不離的跟隨著他。得到一些殘肴剩炙，人與狗分而食之。但是狗不會離開他，不會看到較好的去處便去趨就，所以說狗不算太聰明，雖然牠有那麼一分義氣。

在兒女的眼光裏，母親應該是最美最可愛最可信賴最該受感激的一個人。人有醜的，母親沒有醜的。母親可以老，但不會醜。從前有一首很流行的兒歌〈烏鴉歌〉，記得歌詞是這樣的：「烏鴉烏鴉對我叫，烏鴉真真孝。烏鴉老了不能飛，對著小鴉啼。小鴉朝朝打食歸，打食歸來先餵母。『母親從前餵過我！』」這是藉烏鴉反哺來勸孝的歌，但是最後一句「母親從前餵過我」實在非常動人，沒有失去人性的人回想起「母親從前餵過我」，再聽了這句歌詞，恐怕沒有不心酸的。每個人大概都會為了他的母親而感覺驕傲，誰會嫌他的母親醜？

「狗不嫌家貧，子不嫌母醜」，話沒有錯。不過嫌貧愛富恐怕是人之常情，不嫌家貧這分美譽恐怕要讓狗來獨享下去。子嫌母醜的例子也不是沒有。我就知道有兩個例子，無獨有偶。有兩位受過所謂「高等教育」的人，家裏延見賓客，照例有兩位衣服破敝的老婦捧茶出來，主人不予介紹，客人也就安然受之，以為那個老嫗必是傭婦。久之才從側面打聽出來那老嫗乃主人之生母。主人嫌其老醜，有失體面，認為見不得人，使之奉茶，廢物利用而已。

狗不嫌家貧，並未言過其實。子不嫌母醜，對越來越多的人有變為謬論的可能。

《織工馬南傳》的故事

我譯《織工馬南傳》是在民國二十年八月間，當時我在新創辦的國立青島大學教書。我選這本小說作為英語系大一英文的讀本，因為這部小說的文字雅潔，深淺合度，再則篇幅適中，正合一個學生的研讀，而且故事有趣，感人至深。講授完了這本書之後，也許是由於教學相長的緣故，我覺得我自己從這本書中獲益很多。一時情不自禁，很快的就把它譯了出來。

《織工馬南傳》（*Silas Marner*）的作者喬治．哀利奧特（George Eliot），是英國維多利亞時代三大小說家之一，另外兩位是迭更斯與薩克萊。我國讀者比較熟識的是迭更斯，哀利奧特的作品則一直未見譯本。

哀利奧特本名為 Mary Ann（Marian）Evans。喬治·哀利奧特是她的筆名。她生於一八一九年十一月二十二日，在英國中部瓦利克郡之阿伯利。父為隸屬保守黨之田產經紀人，家道小康。哀利奧特在學校時用功讀書，而又穩重端莊，故有「小媽媽」之綽號。十六歲喪母，姊又出嫁，乃歸家主持家事，但仍以餘暇自修，最喜研究語言文字，希臘文、拉丁文、法文、德文、義大利文、希伯來文，皆能通曉。

哀利奧特不僅有學者氣質，且富懷疑精神。她雖為忠實耶教徒，但對耶教神學系統素抱懷疑態度。其父虔奉英國國教，有一次哀利奧特拒赴教堂禮拜，父女因此決裂，她悄然離家出走。兩個月後，為孝心所迫，勉強回家，答應履行宗教儀式，但理智上之懷疑未曾消除。她一生篤信宗教，但無單純信仰。一八四一年，隨父移居文特立，鄰居是著名的自由思想家查爾斯·布瑞，她受了他的影響而放棄基督教。一九四九年父亡，乃旅遊歐陸，在日內瓦小住經年。此為哀利奧特生活之第一階段，在她的文學生涯中算是準備期，她在冷靜的觀察人生的喜怒哀樂。

哀利奧特回國後，結識了當時英國一般解放的思想家如密爾與斯賓塞等。一八五〇年她開始向《西敏寺評論》投稿，不久她和《西敏寺評論》的主編查普曼成為共同編輯。由查普曼之介紹，她認識了路易士（G.H. Lewis），路易士是批評家，所著之《哥德傳》最為有名。他還有《哲學史》之作，而且他在生物學方面之造詣也曾得達爾文的重視。哀利奧特初不喜路易士，嫌其輕佻，旋又發生好感，一八五四年終於和他同居，偕赴德國旅遊。返國後兩個人被社會所擯棄，因為路易士是有婦之夫，其妻有外遇，路易士知情默許，故失去提出離婚之權利，且彼時離婚尚須議會通過，其事亦不簡單。二人始終維持同居關係，不過他們的結合是幸福的，儘管不免於物議。路易士鼓勵她寫小說，以後並且自甘於被她之文名所掩。這是哀利奧特生活之第二時期。

哀利奧特一直到三十六歲，沒有起過要寫小說的念頭。經路易士的慫恿，其處女作《阿摩斯．巴頓》發表於一八五七年一月份之《勃拉克烏德雜誌》，後又寫〈吉爾菲先生的情史〉及〈珍妮特的懺悔〉兩篇，合為〈牧師生涯〉，刊於一八五八年。哀利奧特的筆名便是於此時開始使用，因為以本名出現會引起不必要的議論，倒不是故弄玄虛，也不是怕女作家會受歧視。嘗試成功之後，她繼續寫作，一八五九年，她四十歲，發表她第一部長篇小說，也是她的傑作，《亞當．比德》。這部小說勃拉克烏德先生送給卡賴爾夫婦披閱，卡賴爾覆信說：

「你送來的書是一本『人的書』（a human book），是一個活人從心裏寫出來的，不僅是從一個著作者的腦子裏寫出來的。」

卡賴爾夫人覆信說：

「我讀完這本書之後，我對全人類都表同情了。」

卡賴爾，甚至薩克萊都誤認哀利奧特為一男人，只有迭更斯看出作者像是一個女性。哀利奧特的作風之雄渾而又細膩，可以想見。

繼《亞當．比德》之後，她出版的小說有一八六〇年之《河上磨坊》，一八六一年之《織工馬南傳》，一八六三年之《羅摩拉》，一八六六年之《費力克斯．霍爾特》，一八七二年之《米德瑪赤》，一八七六年之《丹尼爾．德龍達》，成果豐碩。在此期間，路易士主持中饋，讓她得以專心寫作，情愛之篤，世罕其儔。

一八七八年路易士逝世，喪偶之痛對於哀利奧特打擊極大，她自分不久亦將相隨地下。但她不久邂逅美國的一位銀行家約翰．克勞斯，比她年輕約二十歲，二人情投意合，於一八八〇年結婚，相偕赴歐旅遊。就在這年年底，她偶患感冒，五日後這位一代作家竟溘然長逝，時十二月二十二日，結婚僅七個月。她的一生相當平凡，但是她的作品顯示她不是一個平凡的人。

哀利奧特的小說不是供人消遣的。她所寫小說中的人物大部分都是平凡人物，但是她每有所作，必全力以赴，要在平凡人物中發掘人性，深深的發掘、分析、體會。她的處女作《阿摩斯・巴頓》第五章有一段意味深長的話：

阿摩斯・巴頓牧師的悲慘命運我已述過，你可以看得出來，他不是一個理想的出眾的人才：以這樣一個不出色的人而要求你的同情，也許我是太冒昧了，——此人沒有英雄氣概的美德，胸中亦無不可告人的罪惡：毫無神祕之可言，彰明較著的平庸：甚至不曾戀愛，不過好多年前曾經害過相思。我聽見一位女讀者好像是在說：「一個絕對乏味的人物！」……

但是，女士，你的同胞大多數就是屬於這種平庸的類型。上次人口調查中你的男性英國同胞，百分之八十是既不非常蠢笨，也不非常邪惡，也不非常聰明：他們的眼睛既不脈脈含情，亦不閃爍著潛在的機智：他們大概不曾有過千鈞一髮的驚險遭遇：他們頭腦中一定沒有天才，他們的感情不曾像火山似的爆發過。他們只是多少有點胡塗的人，說話多少有點語無倫次。可是這些平凡的人，其中很多人，是有良心的，感到一股浩然正氣指使他們做痛苦而正直的事：他們有隱藏在心裏的悲哀，也有神聖的愉快……。

她在《亞當．比德》第十七章裏也說她的寫作目標是「誠實的表現平凡的事物」。她的《米德瑪赤》弁首兩行詩也說明了她一向的寫作原則：

讓天神歌詠天上的情愛，

我們是凡人，只好歌詠人類。

哀利奧特有所寫作，是全副精力投注在內的。她寫完《河上磨坊》之後，筋疲力竭，數星期後方才復元。她自己說：「我開始寫《羅摩拉》時還是一個少婦，寫完時變成一個老太婆了。」她也曾說：「我的書對於我都是十分嚴重的東西，都是從我一生中苦痛的紀律和難得的教訓中得來的。」「人生偉大事實在我心裏掙扎，要藉我的口喊出聲來，」但是「只能斷斷續續的說出來一點。」

《織工馬南傳》的故事很簡單：

塞拉斯．馬南是英國十九世紀初的一名織工，在十五年前被誣竊盜，含冤不白，不容於當地，來到拉維羅農村住在石坑旁邊一間小屋裏，以紡織自給。其唯一之慰藉為夜晚從地下取出其所蓄之金銀，默默的撫玩以自娛。當地紳士卡斯之次子丹斯坦浪蕩無行，知塞拉斯為守財奴，必有藏鏹，一夕前去商借，適塞拉斯不在家中，他於地面磚下把錢偷去，從此杳無消息。紳士之長子高佛萊與南西．拉米特戀，但又與鄰市一貧婦祕密結婚。這貧婦不甘受高佛萊之玩弄，於除夕抱著孩子企圖闖入卡斯家中，不幸在途中死於大風雪中。孩子獨自爬進塞拉斯的石屋，在熊熊爐火之前睡著了。丹斯坦偷錢之後不久，塞拉斯回家發現被竊，從此精神委靡。除夕日他發現一金髮女孩睡在地上，喜出望外，以為失去的黃金又回來了，為她取名為哀皮。十六年後，塞拉斯門前石坑淘水，丹斯坦的屍首赫然發現，塞拉斯的二百七十二鎊的金錢也分毫無缺。高佛萊此時已與南西結婚，受良心譴責，承認孩子是其骨肉。南西無所出，亦欲領回收養。乃厚賄塞拉斯，但他不為之動。哀皮亦不願離開織工。

故事中人物有富家子弟、有勤苦勞工，但是小說的重點不在描寫階級的對立，而是在人性的發揮。小說的中心課題是：金錢重要，但不是頂重要，愛比金錢更重要。

一百二十多年前的英國小說，五十多年前的舊譯，如今再出現於讀者之前，仍然不失其意義，因為人性是普遍的永久的。

動物園

我愛逛動物園。從前北平西直門外有個三貝子花園，後來改建為萬牲園，再後來為農業試驗所。我小時候正趕上萬牲園全盛時代。每逢春秋佳日父母輒帶著我們幾個孩子去逛一次。

萬牲園門口站著兩個巨人，職司剪票。他們究有多高，已不記得，不過從稚小的孩子眼裏看來，仰而視之，高不可攀，低頭看他的腳大得嚇人！兩個巨人一胖一瘦，都神情木然，好像是陷入了「小人國」，無可奈何的站在那裏。萬牲園的主事者找到這兩個巨無霸把頭關，也許是把他們當做珍禽異獸一般看待，供人觀賞。至少我每次逛萬牲園，最興奮的第一樁事就是看那兩位巨人。可惜沒有三五年二人都先後謝世，後起無人，萬牲園為之大為減色。

走進大門，有二入口，左為植物園，右為動物園。二園之間有路可通，遊人先入動物園，然後循線入植物園，然後出口。中間還有一條溝渠一般的小河，可以行船，遊人納費登舟，可略享水上漂浮之趣。登船處有一小亭，額曰「松風水月」，未免小題大作。有河就不能沒有橋，在暢觀樓前面就起了一座相當高大的拱橋，俗所謂羅鍋橋。橋本身不錯，放在那裏卻有一些不倫不類。

植物園其實只是一個苗圃，既無古木參天，亦無丘陵起伏，一片平地，黃土成隴而已。但是也有兩個建築物。一個是暢觀樓，據說是慈禧太后去頤和園時途經此地，特建此橋為息足之處。樓兩層，洋式，內貯歷朝西洋各國進貢的自鳴鐘，滿坑滿谷，大大小小，形形色色，足有數百餘具。當時海運初開，平民家中大抵都有自鳴鐘，但是誰也沒見過這樣的場面，到此大開眼界。為什麼這樣多的自鳴鐘集中陳列在此，我不知道。除了自鳴鐘之外，還有兩個不尋常的穿衣鏡，一凹一凸，走近一照，不是把你照成面如削瓜，便是把你照成柿餅臉，所以這兩個鏡子號稱為「一見哈哈笑」。孩子們無不嘻笑稱奇。

另一建築是豳風堂。是幾間平房，但是堂廡寬敞，有棚可遮陽，茶座散落於其間。遊客到此可以啜茗休息。堂名取得好，詩經豳風七月之篇，描述隴畝之間農家生活的況味。

植物園的風光不過如此，平凡無奇，但是，久居城市的人難得一嗅黃土泥的味道，難得一見果樹成林的景象，到此頓覺精神一振。至於青年男女在這比較冷僻的地方攜手同行，喁喁私語，當然更是覺得這是一個好去處了。

萬牲園究竟是以動物園為主。這裏的動物不多，可是披頭散髮的雄獅、斑斕吊睛的猛虎、笨拙龐大的犀牛、遍體條紋的斑馬、渾身白斑的梅花鹿、甩著長鼻齙著大牙的象、昂首闊步有翅而不能飛的鴕鳥、略具人形的狒狒、成群的抓耳撓腮的獼猴、蜿蜒腹行的巨蟒、藉刺防身的豪豬、時而搖頭晃腦時而挺直人立的大黑狗熊，此外如大鸚鵡小金絲雀之類，也差不多應有盡有了。我難以忘懷的是在池塘柳蔭之下並頭而臥交頸而眠的那一對彩色鮮豔的鴛鴦，美極了。

動物關在欄裏，一定很苦，就拿那黑熊來說，偌大的身軀長年的關在那方丈小籠之內，直如無期徒刑。雖然動物學家說，動物在心理上並不一定覺得牠是被關在籠子裏，而是人被關在籠子外，人不會來害牠，牠有安全感。我看也不一定安全，常有自恃為萬物之靈的人，變著方法欺侮柵裏的獸，例如把一根點燃了的紙菸遞到象鼻的尖端，燙牠一下。更有人拿石頭擲擊猴子，好像是到動物園來打獵似的！過不了多少年，園裏的動物一個個的進了標本室，猶人之進了祠堂一般。是否都是「考終命」，誰知道？

動物一個個的老成凋謝，那些獸柵漸漸十室九空。顯然的，動物園已難以維持下去。我記得我最後一次去是在我二十歲左右的時候，偕友進得大門乾脆左轉，照直踱入植物園，在苗圃裏徜徉半天，那蕭索敗落的動物園我不忍再去一顧。童時嚮往的萬牲園，盛況已成陳跡了。

自從我離開北平，數十年僕僕南北，尚未看到過一個像樣的動物園。我們中國人對於此道好像不甚考究。據司馬相如的〈上林賦〉，漢武帝增擴的上林苑周袤三百里，其中包括了一個專供天子畋獵的動物園，可以「生貔豹，搏豺狼，手熊羆，足壄羊，蒙鶡蘇，絝白虎，被斑文……」，真是說得天花亂墜，恐怕只是文人詞客的彩筆誇張，未必屬實。我看見過的現代民間豢養的動物，無非是在某些公園中偶然一見的一兩隻虎，市廛遊戲場中之耍猴子耍狗熊的等等而已。直到民國三十八年我來到臺灣，才得在臺北圓山再度親近一個動物園。

圓山動物園規模不算大，但是日本人經營的作風相當巧妙。島國的人最擅長的是在咫尺之間造出那樣多的曲折迂迴。圓山動物園應是典型的東洋庭園藝術的一例。小小的一個山丘，竟有如許丘壑。最高處路旁有一茶肆，有高屋建瓴之勢，憑窗遠眺，於阡陌梯田之中常見小火車一列冒著蒸汽蜿蜒而過。夕陽反照，情景相當幽絕。彼時我寓中山北路，得便常去一遊。好多次看見成群的村姑結伴而行，一個個的手舉著高跟鞋跣足登陟山坡，蔚為一景。（如今皮鞋穿慣，不復見此奇景矣。）

有一次遊園，正值園工手持活雞飼蛇。遊人蠭聚爭睹此一奇觀。我亦不禁心動，攘臂而前，擠入人叢，但人牆無由衝破，乃知難而退。退出後始發覺西裝袋上所插之自來水筆已被人扒去。對我而言，當時失掉一枝筆，損失很重。笑話中「人多處不可去」之閫訓，不無道理。因此我想，我來動物園是來看動物，不是來看人。要看人，大街小巷萬頭攢動，何必到這裏來湊熱鬧？從此動物園我就少去。後來旁邊又拓闢了兒童樂園，我更加明白這不是屬於我的去處。但是我對於那些動物還是很關心的。聽說有些遊客捉弄動物、虐待動物，我就非常憤懣。聽說園中限於經費，有時虎豹之類不能吃飽，我也難過，因為我們把獸關進園內，牠們就是我們的客，待客有待客之道。就如同我們家裏養貓養狗，能讓牠們饔飧不繼嗎？

圓山動物園就要遷移新址，動物將有寬敞的自然的生活空間，我有五願：

一願牠們順利喬遷，

二願牠們此後快樂，

三願園主園丁善待牠們，

四願遊客不要虐待牠們，

五願大家不要汙染環境。

我覺得動物園之遷移新地，近似整批囚犯的假釋，又像是一次大規模的放生。

好多年前，記得好像是《新月》雜誌第四期，載有一篇〈動物園中的人〉，是英國小說家 David Garnett 作，徐志摩譯。小說的大意是敘述一個人自願進入動物園，住進一個鐵欄，作為動物的一類，任人參觀。他被接受了，欄上掛著一個牌子「Homo Sapiens（靈長類），人」。下面注一行小字：「請遊客不要惹惱他」。這只是小說的開端，志摩沒有繼續譯下去。我勸他譯完全篇，他口頭答應但是沒有做。雖是殘篇譯本，我們可以看出這部小說的構想不錯。我至今忘不了這個殘篇，就是因為我一直在想，想了幾十年，想人類在動物界裏究佔什麼樣的地位。是萬物之靈，靈在哪裏？是動物中獸的一類，尚保有多少獸性？人性是什麼？假如要我為那〈動物園中的人〉寫一篇較詳細說明書，我將如何寫法？這一連串的問題我一直在想，但是參不透。

——民國七十五年九月十二日

孔誕日與教師節

今天是孔誕日與教師節，兩個好日子落到同一天，甚有意義。

其實孔子誕日究竟是哪一天，頗費推敲。據史書記載，孔子生於魯襄公二十一年十一月庚子日，按照周曆十一月算是正月，所以《史記》就把魯襄公二十一年寫作二十二年。十一月庚子日是八月二十七日，這是依陰曆的說法。我國改用陽曆後，卻依舊以八月二十七日為孔子誕辰。按陽曆推算，陰曆八月二十七日應該是陽曆九月二十八日，故從民國四十一年起，乃改以每年陽曆九月二十八日為孔子誕辰。

孔子德侔天地，萬世師表，所以從四十一年起我國政府明定以孔子誕日為教師節。一面中樞祭孔，一面各地舉行敬師的活動。可見孔子與教師的關係十分密切。

尊師重道是我國傳統中很重要的一個項目。說得最透徹的我以為無過於《荀子．大略篇》的這幾句話：「國將興，必貴師而重傳。貴師而重傳，則法度存。國將衰，必賤師而輕傳。賤師而輕傳，則人有快。人有快，則法度壞。」（快是恣肆的意思。）直把尊師當做國之興衰的主要原因。所謂尊師並不僅是對於教師個人表示敬意與慰勞，更重要的是對於教師所傳授的道表示重視。道是什麼？道就是我國文化的傳統，包括學術道德的全部。所以尊師重道四個字總是連起來說。因為重道，所以才尊師。

不要以為師的責任在傳道，師便是泥古而且保守。孔子曰：「溫故而知新，可以為師矣。」溫故是熟習故舊的學問，知新是研討新的知識。亦即所謂博古通今。能溫故知新才合於為師之道。換言之，為師者本身須要不斷的進修，隨時充實自己，不但充實本身的學問，而且「學不厭，誨不倦」的精神也可以為後生小子的楷模。自從近代教育趨重專業分科，一般學子以及教師漸有偏重新知疏於溫故之勢。王充《論衡》：「溫故知新，可以為師，古今不知，稱師如何？」溫故知新，應該並重。用現代語來說，我們需要專門知識，也要通才教育。博古通今的教師才能負起承上啟下的重擔。

「經師易遇，人師難遭。」（語見《後漢紀‧靈帝紀上》）所謂人師，乃德行才識並皆卓越，可以為人師表者，不僅專治一經，不必在朝在位。《荀子‧儒效篇》：「近者歌謳而樂之，遠者竭蹶而趨之，四海之內若一家，通達之屬莫不從服，夫是之謂人師。」蓋極形容德學俱隆之士之所以為大眾所推崇。像這樣的人師之最高的表率當然是孔子。

孔子一生的遭遇並不順利，雖然他不是沒有學而優則仕的機會。劉向《說苑‧立節篇》有一段關於孔子的故事：

孔子見齊景公，景公致廩丘以為養，孔子辭不受，出為弟子曰：「吾聞君子當功以受祿。今說景公，景公未之行，而賜我廩丘，其不知丘亦甚矣！」遂辭而行。（廩丘，古邑名；致廩丘以為養，以其邑之收益為供養之貲。）

《呂氏春秋》也有同樣的記載，並附以評語：「孔子布衣也，官在魯司寇，萬乘難與比行，三王之佐不顯焉，取舍不苟也夫！」這就是孔子的人格，不為利誘。就孔子不見陽貨一事而論，也可看出他的操守。像他這樣耿介的人，只好栖栖皇皇的周遊列國之後專心教誨他的生徒了。孔子弟子三千餘人，真是桃李滿天下，雖然他周遊的區域不廣，大概不出今之河南山東兩省，在當時能擁有這樣多的徒眾，其聲譽之隆可想而知。

設帳授徒是清苦的事，古今中外莫不皆然。子曰：「士志於道而恥惡衣惡食者，未足與議也。」所以他就誇獎子路：「衣敝縕袍，與衣狐貉者立而不恥者，其由也與？」孔子心目中的君子是「食無求飽，居無求安。」「發憤忘食，樂以忘憂。」孔子安貧樂道的作風，一直影響到如今許多人士。今之世有集體罷工要求加薪者、有集會提議自行調整待遇者，尚鮮聞教師有爭取更多的束脩者。投身教師行列者，本應志不在此。

由於時代不同，今之師生關係和以往大有差異。孔子弟子三千，真及門而比較長期受教身通六藝者不過七十餘人。孔子為人師大概有四十年的經驗。如今我們的學校教師屆退休年齡者有幾位說得出七十幾個學生的姓名？如今學校與教師之間有聘約，類似雇傭的關係，而學生近似顧客。學生人數眾多，師生接觸機會很少。我國學生素無發問的習慣，教師上課幾乎全是一人表演性質。師生的關係漸漸其淡如水。

我想教師所能得到的真正的快樂，不是區區的一點獎金，也不是一紙獎狀或一塊匾額，更不是一席飲宴，或是被邀遊園，而是看著一批批的青年學子健康的成長，而且其中很多能在學術事功上卓然有成。

孔子是一個謙遜的人。他說：「我非生而知之者；好古，敏以求之者也。」他不是天才，但是他肯用功。而且「知之為知之，不知為不知」，他有所謂「知識上的誠實」，尤足為人師法。在這孔誕與教師節的今天，為人師者於歡欣鼓舞之餘，恐不免要追思孔子的風範，而益奮發砥礪，以期教學相長。

讀杜記疑

一、月是故鄉明

杜甫〈月夜憶舍弟〉：

戍鼓斷人行，邊秋一雁聲。
露從今夜白，月是故鄉明。
有弟皆分散，無家問死生。
寄書長不達，況乃未休兵。

詩作於乾元二年（西曆七五九年），公四十八歲，客秦州。九月史思明陷東京。公十二月展轉入蜀至成都。兵荒馬亂之中，月夜憶其一在許一在齊之二弟（據仇注）。骨肉情深，真摯動人。全詩不用典，語皆平易，不失為佳作。唯「月是故鄉明」一語意義不甚明。

王嗣奭《杜臆》：「對明月而憶弟，覺露增其白，但月不如故鄉之明，憶在故鄉兄弟無故也，蓋情異而景為之變也。」以「月是故鄉明」解作「月不如故鄉之明」。今之媚外者，常被諷為具有「月亮是外國的圓」之感。「月是故鄉明」正好一反其意。案：月只有一個，無中國外國之分，當然無從比較其圓與不圓。同樣的，月只有一個，無故鄉與異鄉之別，怎可比較其明與不明？天朗氣清，月色自明，雲霧翳障，月色自暗。異鄉之月不如故鄉之明，猶謂外國的月亮比中國的圓，豈有此理？

宋郭知達《九家集註杜詩》：「師云：『江淹別賦，隔千里兮共明月。子美工於用字，析而倒言之，故其語勢尤健。如別來頭併白相見眼終青之類是也。』」

清仇兆鰲《杜少陵集詳註》，多採《杜臆》之說而對此詩則有兼容郭注之意：「今夜白，又逢白露節候也。故鄉明，猶是故鄉月色也。」又云：「王彥輔曰：『子美善用故事及常語，多顛倒用之，語峻而體健，如露從今夜白，月是故鄉明之類是也。』」一說來說去，仍未解釋清楚。施鴻保《讀杜詩說》對仇注頗多糾舉，然未及此詩。

愚以為明月二字拆開顛倒是為湊合五言的句法及韻腳。詩人固有此特權。「月是故鄉明」即是此明月，猶是故鄉之明月。《杜臆》之說恐非。

二、浮瓜與裂餅

〈信行遠修水筒〉有「浮瓜供老病，裂餅嘗所愛」的句子，引起爭議。

信行是杜甫的隸人之一，隸人就是僕役。蜀中僕役多能耐勞，杜甫此詩意在稱讚信行之勤於工作。時在大曆元年（七六五），公在夔州。

蜀地多山，除近江取江水外，多架設竹筒汲引山泉，如泉在遠處則竹筒節節銜接日久易生損壞。遠道修補水筒，其事頗為繁重。信行不辭勞苦在荒險崖谷之間冒暑往來四十里，整天未得吃飯，累得滿臉通紅。這樣辛勞，廚房裏才有水可用。杜甫不但欣賞其能，而且心存感激。於是俟他歸來便和他剖瓜共賞，裂餅同嘗。瓜本是為自己老病所需，隸人無福享受，餅也是自己所愛之物，隸人當然無份。如今答其辛勞，所以瓜與餅都拿出來犒賞他了。如此解釋，似乎義才能通。信行工作一天，飢渴交加，日曛之時才回到家裏，斷無一見面就裂餅給他之理，一定是先饗之以瓜，解其燥渴。瓜餅二句聯讀，方有意義。而且和下面兩句「於斯答恭謹，足以殊殿最」聯讀，文意才足。

郭知達《九家集註杜詩》註：「《晉書・何曾傳》：『蒸餅上不坼作十字不食。』」以「坼作十字」的典故解「裂」字，甚牽強。《杜臆》：「謂此餅乃己尋常愛食者，乃裂而與之，詞極明而註誤，」所言是也。但未說明裂餅與浮瓜二句之關係。

施鴻保《讀杜詩說》始有較完整之解釋，其說曰：「信行遠修水筒云：浮瓜供老病，裂餅嘗所愛。注引杜臆，言分嘗所愛之餅；又引盧元昌說，裂餅用後周王羆裂餅緣字，舊注何曾餅裂十字，不合。今按二說，皆以裂餅是裂分餅與信行也。然方觸熱遠歸，何以不與瓜而與餅？餅亦絕非大，不能一人食者，何必不必裂而與之？既但與餅而不與瓜，亦何必自言瓜供老病，詩意似皆不合。細玩二句，蓋當串說，非與餅而不與瓜也。裂餅乃比喻，正用何曾作十字意，一瓜四分，與十字同，言瓜本留供己之老病，今因信行觸熱遠歸，如裂餅樣，剖作四分，以一分與之；嘗所愛，言其方渴，瓜正所愛，分與嘗之也。」此說甚辯。「細玩二句，蓋當串說」，與鄙意合，但謂「裂餅乃比喻」，根本否認裂餅之事，而且進一步承認「何曾作十字意」「一瓜四分，與十字同」，似不無疑問。

案：何曾乃晉之重臣，以忠孝稱，「然性奢豪，務在華侈，帷帳車服，窮極綺麗，廚膳滋味，過於王者。每燕見，不食太官所設。帝輒命取其食，蒸餅上不坼作十字不食。食日萬錢，猶曰無下箸處……。」（《晉書》卷三十三何曾列傳）蒸餅如麵醱適度，火候充足，則表面裂作十字形，故云。杜甫裂餅與信行，如何會想到何曾？施鴻保以餅坼十字作為剖瓜為四，似附會。

愚以為二句固應聯讀，但瓜與餅仍為二事。先與瓜，再與餅，先解渴，再充飢，瓜與餅皆杜公自己備用喜愛之物。詩意甚顯，而造句過簡，且嫌含混，讀者不必為杜公諱。

三、杜甫諸弟

仇注杜集弁首「杜氏世系」從當陽侯預起，一直敘到十五代嗣業，唯於十三代甫則於甫旁加注「甫弟穎、觀、豐、占，未知行列，故不序。」是一憾事。

案：公之同時人如高適嚴武等稱公為「杜二」，可知公尚有一兄，公排行第二。公之作品從未提及其兄，名亦不傳，但數及諸弟，可能其兄早故。穎、觀、豐、占，行列如何，在公作品中似尚可略得消息。

大曆元年，公在夔州，有詩「第五弟豐，獨在江左，近三四載，寂無消息，覓使寄此二首。」〈元日示宗武〉又有「不見江東弟，高歌淚數行」之句。這位江東弟也就是第五弟豐。豐行五，剩下來的問題是穎、觀、占。

公詩最早涉及諸弟者為「臨邑舍弟書至，苦雨，黃河氾溢，堤防之患，簿領所憂，因寄此詩，用寬其意。」詩作於開元二十九年，公年三十，在東都。這位臨邑舍弟是誰？仇注：「穎為臨邑主簿，操版築，監督治河之事。」臨邑縣屬齊州，近海。主簿，官名，相當於今之文書與總務。穎於小邑任卑職，而責任重大，故臆測其年齡大概與公之年齡最為相近。廣德二年公又有〈送舍弟穎赴齊州三首〉，有「兩弟亦山東」之句，仇注：「兩弟謂豐與觀。」果如仇注此兩弟乃穎之兩弟，則穎當排行第三。已知豐行五，剩下來的問題是四、六兩弟觀與占。

廣德元年，公年五十二，避亂於梓閬之間，有詩「舍弟占歸草堂檢校聊示此詩」，有句「久客應吾道，相隨獨爾來」，可知占隨公入蜀。公詩有關觀者較多，疑觀行四而占行五，然此僅臆測耳。

四、燈前細雨簷花落

〈醉時歌〉有「清夜沉沉動春酌，燈前細雨簷花落」之句，下句費解。

劉中和先生《杜詩研究》說：「這一句有許多爭執。有人說：簷花落即是簷嘩啦雨水流下之聲；但既是『細雨』，自然不會『嘩啦』如瀑布。有人說是簷前的花朵落在地上，取佛經天花亂墜的典故，以形容『春酌』中談論的酣暢，此種說法不無道理。又有人說：應當是『簷前細雨燈花落』，以燈花落形容夜之深，燈已油盡。這樣解釋，未免呆板枯燥。但也可能如把『枕石漱流』改為『枕流漱石』的筆法。」中和先生歷述前人三種解釋，未下明確的判斷。

《杜臆》的解釋，中和先生未加引述。《杜臆》的解釋是：「簷水落而燈花映之如銀花，余親見之，始知其妙。今注者謂近簷之花，有何意味？」仇注引《杜臆》而謂為「此另一說。」竊謂此另一說較近情理。此句在字面上包括燈、雨、簷、花四事。《杜臆》只承認燈、雨、簷實有其事，花則比喻詞，以簷雨比落花。人在燈前看簷雨滴下如落花，不獨王嗣奭曾親見之也。

仇注杜集，「燈」字下注「一作簷」，「簷」字下注「一作燈」，是杜集有一版本作「簷前細雨燈花落」。不僅是呆板，而且了無詩意。

杜詩常因練字而出語驚人，有時意義轉晦，此乃一例。

五、槐葉冷淘

冷淘就是我們所謂的涼麵一類的食品。《唐六典・光祿寺》：「夏月加冷淘，粉粥。」潘榮陛《帝京歲時紀勝・夏至》：「京師於是日家家俱食冷淘麵，即俗說過麵是也。」所謂「過麵」，疑即是「過水麵」之謂，以別於「熱鍋挑」。

唯冷淘似不限於涼麵條。蘇軾〈過詹使君食槐葉冷淘〉詩注：「槐芽餅，即槐葉冷淘也。蓋即槐葉汁溲麵作餅。」是餅亦曰冷淘。蓋凡槐葉汁和麵而成的點心皆曰槐葉冷淘。

以槐葉汁和麵作食，亦不限於冷淘。盧元昌《杜詩闡》：「有槐芽溫淘，有水花冷淘。」是淘之食法可溫可冷。近人所食冷麵，有時以菠菜汁和麵，其狀想亦和槐葉冷淘相差不遠。且有以菠菜泥炒飯者，亦是同一道理，取其色綠，號稱翡翠飯。

此詩在公集中非屬上選。詩分兩段，各十句。上段述冷淘製法，且稱其佳美，有似食譜，平鋪直敘，唯字句簡練。下段發揮公之每飯不忘君之特點。雖是冷麵之微，不忘獻芹之意。又怕路遠，無法送達。也許有人欣賞他的這種忠誠，不過若是完全刪去這後半段，固亦無損於公之雅人深致。《杜臆》說：「『一路遠恐泥』淺俗。此下四句宜汰，逕接『萬里露寒殿』乃佳，隱然芹曝之思，說出便不妙。」其實最後兩句亦宜一併汰去。說出便不妙，隱含亦不佳。

「路遠思恐泥」一句頗為人詬病。《朱子語類》：「文字好用經語，亦一病也。」「致遠恐泥」一語出自《論語‧子張》：「致遠恐泥，是以君子不為也。」原意是說若往遠處看，恐窒礙難行也。用經語並不一定是病，唯須用得恰當，而且不可多用。《讀杜詩說》：「今按公詩常用恐泥字，此詩外，如〈阻雨不得歸瀼西〉云：『恐泥勞寸心』，〈解憂〉云：『致遠宜恐泥』，〈三川觀水漲〉云：『恐泥竄蛟龍』，皆晦澀不明。」豈止晦澀？直是不可解，不知杜公何以偏愛此語。

與動物為友

我記得有人說過這樣一句話：「我越認識的人多，我越愛我的狗。」這句話未免玩世不恭，真的人不如狗麼？

有時候，真的是人不如狗。今年三月二十八日報紙上刊載一條新聞，標題是「土狗小黑，情深意重」，內容大致如下：「苗栗通霄有一位婦人病逝，她生前養的一條狗小黑，不但為她守靈九天，而且不吃任何食物，出殯那天還流著淚送女主人到墓地。」我看到這條新聞，我的淚也流下來了。想想看世上有多少忘恩負義的人！

義犬的故事，一向很多，至今不絕。貓不及狗之義，但也有感人的行徑。我認識一個人，他家裏養一隻貓，因生活環境不許可，決計把牠拋棄，開汽車送牠到遠遠的山區，把牠棄置在荒郊。想不到一個多星期後牠回到了家門，汙髒瘠瘦，奄奄一息。

主人從此收容牠，再也不肯拋棄牠。貓知道戀家。「狗不嫌家貧」，貓也不嫌。

義犬靈貓的故事，足以感人，兼可風世。究竟是少有的事，所以成為新聞。我們愛好小動物，豢養貓狗之類視為寵物，動機是單純的，既非為利，亦非圖報。只是看著活生生的小動物，心裏油然而生一股憐愛，所以就收養牠，為牠盡心盡力，耗時耗財，而無所惜。付出一片愛便是收穫，便是滿足。

愛是純潔而天真的，小孩子最純潔天真，所以小孩子最愛小動物。我小時候，祖父母養兩隻哈巴狗，名為「烏雲兒」，因為是渾身黑色。長毛矮腳，大眼塌鼻，除了睡便是歡蹦亂跳，汪汪的叫。但是兩條狗經常關在上房，小孩子不能隨便進入上房，所以我難得有親近烏雲兒的機會，有機會會看見牠們時我必定撫摩牠們，引以為樂。可憐狗壽不永，我年稍長，狗已老死。我家裏還有一隻猴子，經常有鐵鍊繫著，夜晚放進籠子，入冬引入廚房。我餵牠花生，投以水果，我喜歡看牠的那副急切滿足的吃相。過了幾年猴子也生病而亡。我憐憫牠一生在縲絏之中沒有行動的自由。

我長大之後，為了衣食奔走四方，自顧不暇，沒有心情養小動物。直到我來到臺灣之後生活才算安定，於是養雞、養魚、養鳥都一起來了。最近十年來開始養貓，都是菁清從戶外抱進來的無主的小貓，先是白貓王子，隨後是黑貓公主，最後是小花。若不是我叫停，可能還要繼續增加貓口。這三隻貓，個性不同，嗜好亦異。白貓厚重，小花粗野，黑貓刁鑽。都愛吃沙丁，偶爾也愛吃烤鴨熏雞，黑貓還要經常吃雞肝。菁清一天至少要費三四小時給牠們刷洗清潔，無怨言，無倦色。有人問我們：「你們的貓如此的寵貴，是哪一國的名種？」我告訴他：「和你我一樣，都是土生土長的本國土種。」土種自有土種的尊嚴。

三隻貓已經動支了菁清和我的供應能力到了極限，不可能再養狗或其他。因此，我在各處讀到丘秀芷女士的文章，描寫她養貓養狗養兔養鳥……的經驗，我就非常欽佩她的愛心的廣大，普及於那樣多的小動物。最令我驚異的是她也養龜。她花二百元買一隻龜，和貓狗一起養，到時候會應呼叫而出來吃飯，到時候會聽見水聲而出來洗澡，她稱之為「靈龜」，誰曰不宜？後來那隻龜失蹤了，她為之悵惘不已。人與寵物，皆是夙緣。緣有盡時，可為奈何！

現在丘秀芷女士的文章四十二篇集結成書，書名《我的動物朋友》，都是敘說她對她的小動物的愛，其中也有些篇是我所未曾讀過的。一個人懷有這樣多的愛，其文字之婉約流利，自不待言。書成，屬序於余。忝有同好，遂贅數言於此以為介。

——民國七十五年十月五日

記得當時年紀小

我十歲的時候進高小，北京朝陽門內南小街新鮮胡同京師公立第三小學校。越是小時候的事情，越是記得清楚。前幾年一位無名氏先生寄我一張第三小學的大門口的照片，完全是七十多年前的樣子，一點也沒變。我看了之後，不知是歡喜還是惆悵，總之是別有一番滋味在心頭。我猜想到這位無名氏先生是誰，因為他是我的第三小學的同學，雖然先後差了好幾十年。我曾寫過一篇小文，〈我在小學〉，收在《秋室雜憶》裏，提到教我唱歌的時老師。現在再談談我小時候唱歌的情形。

我的啟蒙的第一首歌是〈春之花〉。調子我還記得，還能哼得上來，歌詞卻記不得了。頭兩句好像是：「春光明媚好花開，如詩如畫如錦繡。」唱歌是每週一小時，總在下午，搖鈴前兩名工友擡進教室一架小小的風琴。當時覺得風琴是很奇妙的東西，老師用兩腳踏著兩塊板子，鼓動風箱，兩手按鍵盤，其聲嗚嗚然，成為各種調子。〈春之花〉的調子很簡單，記得只有六句，重疊反覆，其實只有三句，但是很好聽。老師扯著沙啞的嗓音，先唱一遍，然後他唱一句，全班跟著唱一句，然後再全首唱一遍，全班跟著全首唱一遍。唱過三五遍，搖鈴下課了，校工忙著把風琴擡出去。這風琴是一寶，各班共用，學生們不准碰一下的。

唱歌這一堂課最輕鬆，課前不要準備，扯著喉嚨吼就行。老師也不點名，也不打分數考試。唱歌和手工一課都是我們最歡迎的，而且老師都很和藹。

有一首歌，調子我也記得，歌詞記得幾句，是這樣開始的——

亞人應種亞洲田，
黃種應享黃海權，
青年，青年，
切莫同種自相殘，
坐教歐美著先鞭！

不怕死，不愛錢，
丈夫決不受人憐。
……

這首歌聲調比〈春之花〉雄壯，唱起來滿有勁的，但是不大懂詞的意義。是誰「同種相殘」？這歌是日本人作的，還是中國人作的，用意何在？怎麼又冒出「不怕死不愛錢」的話？何謂「不受人憐」？老師不講解，學生也不問，我一直胡塗至今。但是這首歌我忘不了。

還有所謂軍歌，也是學生們喜歡學著唱的。當時有些軍隊駐紮在城裏，東城根兒祿米倉就是一個兵營，一隊隊的兵常出來在大街小巷裏快步慢步的走，一面走還一面唱。我是一放學就回家，不在街上打滾，所以很少遇到隊伍唱歌，可是間接的也聽熟了軍歌的幾個斷片，如：

三國戰將勇，

首推趙子龍，
長坂坡前逞英雄。
還有張翼德，
他奶奶的硬是兇，
哇啦哇啦吼兩聲，
嚇退了百萬兵。
……

歌詞很粗淺，合於一般大兵的口味，也投小學生的喜愛，我常聽同學們唱軍歌，自己也不禁的有時哼兩句。

我十四歲進清華中等科，一年級還有音樂，好像是一種課外活動。教師是一位美國人，Miss Seeley，丰姿綽約，是清華園裏出色的人物。她教我們唱歌，首先是唱校歌，校歌是英文字，也有中譯，但是從來沒有人用中文唱校歌。我不喜歡用英文唱校歌，所以至今我記不得怎樣唱了。可是我小時嗓音好，調門高，經過測驗就被選入幼年歌唱團，有一次還到城裏青年會作過公開演奏會。同班的應尚能有音樂天才，唱低音，那天在青年會他塗黑了臉飾一黑人，載歌載舞，口裏唱著——

It's nice to get up
Early in the morning,
But, it's nicer
To lie in bed.

滿堂喝采，掌聲如雷，那盛況至今如在目前。我不久倒嗓喑啞不成聲，遂對唱歌失去興趣。有些同學喜歡星期日參加一些美國教師家裏的查經班，於是 Onward Christian soldiers, Marching as to war……之類的歌聲洋洋乎盈耳。「一百零一首名歌」在清華園裏也不時的蕩漾起來。這皆非我之所好。我乃漸漸的成為蘭姆所謂「沒有耳朵的人」。

抗戰時期，我已近中年，中年人還唱什麼歌？寓處附近有小學，小學生的歌聲不時的傳送過來。像〈起來，不願做奴隸的人們〉那首進行曲，聽的回數太多了，沒人教也會唱。還有一首歌我常聽小學生們唱，我的印象很深——

「張老三，我問你：
你的家鄉在哪裏？」
「我的家，在山西，
過河還有二十里。」
「張老三，我問你：
種田還是做生意？」

這樣的一問一答，張老三終於供出他是布商，而且囤積了不少布匹，盈得不少暴利，於是這首歌的最後幾句是——

一大批，一大批，

囤積在家裏。
你是壞東西，
你眞該槍斃！

這首歌大概對於囤積居奇的奸商以及一般人士發生不小的影響。抗戰期間也有與抗戰無關的歌大為流行。例如，〈教我如何不想她〉，雖說是模仿舊曲〈四季相思〉的意思，格調卻是新的，抑揚頓挫，風靡一時。使我最難忘的是〈記得當時年紀小〉一首小歌，作者黃自是清華同學。我學唱這首歌是在一個溫暖的季秋時節，在重慶南岸海棠山坡上，經朋友指點，反覆唱了好幾遍，事隔數十年，仍然縈繞在耳邊。

上文發表後，引起幾位讀者興趣，或來書指正，或予補充。平群先生和劉濟華先生分別告訴我〈黃族應享黃海權〉那首歌的全本是這樣寫的

黃族應享黃海權，

亞人應種亞洲田。
青年，青年，
切莫同種自相殘，
坐教歐美著先鞭。
不怕死，不愛錢，
丈夫決不受人憐。
縱洪水滔天，
隻手挽狂瀾，
方不負石盤鐵硯，
後哲先賢！

我還是不大懂，教兒童唱這樣的歌是什麼意思。有一位來信說此歌是九一八以後日本人作的，我想恐怕不對，此歌流行甚早，九一八是二十多年後的事。不過我也疑心到此歌作者用心不善。

小民女士來信補充了〈三國戰將勇〉那首軍歌的好幾句，但是全文她也記不得了。我最大的錯誤是關於「張老三」那首歌。楊澐先生來信說，「張老三」是抗戰名曲〈河邊對口唱〉，全文如下——

〔對唱〕張老三，我問你，你的家鄉在哪裏？
我的家，在山西，過河還有三百里。
我問你，在家裏，種田還是做生意？

拿鋤頭，耕田地，種的高粱和玉米。
為什麼，到此地，河邊流浪受孤淒？
痛心事，莫提起，家破人亡無消息。
張老三，莫傷悲，我的命運不如你。
為什麼，王老七，你的家鄉在何地？
在東北，做生意，家鄉八年無消息。
這麼說，我和你，都是有家不能回。
〔合唱〕仇和恨，在心裏，奔騰如同黃河水！
黃河邊，定主意，咱們一同打回去！
為國家，當兵去，太行山上打游擊！
從今後，我和你，一同打回老家去！

據楊先生說這歌曲是〈黃河大合唱〉中的一段，乃光未然（即張光年）作詞，冼星海作曲，於民國二十八年在延安完成，此曲在臺灣為禁歌。顯然的不是我文中所謂打擊囤積的奸商的歌，我之所以有此錯誤，乃因這不是我童年唱過的歌，而是後來聽孩子們常唱的，其歌唱的調子又好像和那打擊奸商的歌有些相近，所以我就把兩個歌聯在一起了。

我的女兒文薔來信告訴我，打擊奸商的歌她是唱過的，其歌詞大概是這樣的——

你、你、你、你這個壞東西，
市面上日常用品不夠用，
你一大批，一大批，囤積在家裏！

只為你，發財肥自己，
別人的痛苦你全不理，
你這壞東西，你這壞東西，
真是該槍斃！
嗨！你這壞東西！
嗨！你真該槍斃！

——民國七十五年十二月十八日補記

七十六年四月四日《中華日報》副刊王令嫻女士一篇文章也提到〈你這個壞東西〉這首歌，記得更完全，如下：

你、你、你、
你這個壞東西！
市面上日常用品不夠用喲，
你一大批，一大批，
囤集在家裏。
只管你發財，肥了自己，
別人的痛苦，你是全不理。
壞東西，壞東西，
囤集居奇，搗亂金融，破壞抗戰，
都是你！

你的罪名和漢奸一樣的。
別人在抗戰裏，
出錢又出力唷！
只有你，整天的在錢上打主意。
想一想，你自己，
是要錢做什麼呢！
到頭來你一個錢也帶不進棺材裏。
你這個壞東西，
真是該槍斃！
嘿，你這個壞東西，
嘿！真是該槍斃！

阿伯拉與哀綠綺思的情書

我譯《阿伯拉與哀綠綺思的情書》（*The Love Letters of Abelard and Heloise*）是在民國十七年夏天，那時候我在北平家裏度暑假。原書（英譯本）為英國出版的 Temple Classics 叢書之一，薄薄的一小冊，是我的朋友瞿菊農借給我看的。他說這本書有翻譯的價值。我看了之後，大受感動，遂即著手翻譯。年輕人做事有熱情，有勇氣，不一定有計畫。看到自己喜歡的書，就想把它譯出來，在譯的過程中得到快樂，譯完之後得到滿足。北平的夏季很熱，但是早晚涼。我有黎明即起的習慣，天大亮之後我就在走廊上藉著藤桌藤椅開始我的翻譯，家人都還在黑甜鄉，沒人擾我，只有枝頭小鳥吱吱叫，盆裏荷花陣陣香。一天譯幾頁，等到太陽曬滿了半個院子我便停筆。一個月後，書譯成了。

暑假過後我回到上海，《新月》月刊正需要稿件，我就把《情書》的第一函第二函發表在《新月》月刊第一卷第八號（十七年十月十日出版），並且在篇末打出一條廣告：

這是八百年前的一段風流案，一個尼姑與一個和尚所寫的一束情書。古今中外的情書，沒有一部比這個更爲沉痛、哀豔、悽慘、純潔、高尚。這裏面的美麗玄妙的詞句，竟成後世情人們書信中的濫調，其影響之大可知。最可貴的是，這部情書裏絕無半點輕狂，譯者認爲這是一部「超凡入聖」的傑作。

廣告總不免多少有些誇張，不過這部情書確是一部使我低徊不忍釋手的作品。這部書譯出來得到許多許多同情的讀者。不久這譯本就印成了單行本，新月書店出版。廣告中引用「一束情書」四個字是有意的，因為當時坊間正有一本名為《情書一束》者相當暢銷，很多人都覺過於輕薄庸俗，所以我譯的這部情書正好成一鮮明的對比。

其實，寫情書是稀鬆平常的事。青年男女，墜入情網，誰沒有寫過情書？不過情書的成色不同。或措詞文雅，風流蘊藉，或出語粗俗，有如薛蟠。法國的羅斯當《西哈諾》一劇，其中的俊美而無文的克利斯將，無論是寫情書或說情話，都極笨拙可笑，只會不斷重複的說「我愛你，我愛你，我愛你！」「我愛你」一語並不壞，而且是不能輕易出諸口的，多少情人在心裏燃燒很久很久才能迸出這樣的一句話，這一句話應該是有如火山之爆發，有如洪流之決口，下面還應有下文。如果只是重複著說「我愛你」便很難打動洛克桑的芳心了。所以克利斯將不能不倩詩人西哈諾為他捉刀，替他寫情書，甚至在陽臺下朦朧中替他訴衷情。情書人人會寫，寫得好的並不多見。

情書通常是在一對情人因種種關係不得把晤的時候，不得已才傳書遞簡以紙筆代喉舌。有一對情侶在結成連理之前睽別數載遠隔重洋，他們每天寫情書，事實上成為親密的日記，各自儲藏在小箱內，視同拱璧。後來在喪亂中自行付諸一炬。為什麼？因為他們不願公開給大眾看。有些人千方百計的想偷看別人的情書，也許是由於好奇，也許是出於「鬧新房」心理，也許是自己有一腔熱情而苦於沒有對象，於是借他人之酒杯澆自己之塊壘。總之，情書不是供大眾閱覽的，而大家越是想看。

阿伯拉與哀綠綺思的情書是被公開了的，流行了八百多年，原文是拉丁文，譯本不止一個。中古的歐洲，男女的關係不是開放的，一個僧人和一個修女互通情書簡直是不可思議的事。中古教會對於男女之間的愛與性視為一種罪惡，要加以很多的限制（Gordon Rattray Taylor有一本書 *Sex in History* 有詳細而有趣的敘述）。我們中國佛教也是視愛為一切煩惱之源，要修行先要斬斷愛根。但是愛根豈是容易斬斷的？人之大患在於有身。有了肉身自然就有情愛，就有肉慾。僧侶修女也是人，愛根亦難斬斷。阿伯拉與哀綠綺思都不是等閒之輩，他們的幾封情書流傳下來，自然成為不朽的作品。

中古尚無印刷，書籍流傳端賴手鈔。鈔本難免增衍刪漏，以及其他的舛誤。所以阿伯拉與哀綠綺思的幾通情書是否保存了原貌，我們很難論定。至少那第一函不像是阿伯拉的手筆。很像是後來的好事者所撰作的，因為第一函概括的敘述二人相戀的經過以及悲劇的發生，似是有意給讀者一個了解全部真相的說明。有這樣一個說明當然很好，不過顯然不是本來面貌。我讀了這第一函就有一種感覺，覺得好像是《六祖壇經》的自序品第一，不必經過考證就可知道這是後人加上去的。

阿伯拉是何許人？

阿伯拉（Pierre Abelard）是中古法國哲學家，生於一〇七九年，卒於一一四二年，享年六十三歲。他寫過一篇自傳〈我的災難史〉（*Historia Calamitatum*），述說他的一生經過甚詳。他生於法國西北部南次附近之巴萊（Palais）。他的父親擁有騎士爵位，但是他放棄了爵位繼承權，不願將來從事軍旅生涯，而欲學習哲學，專攻邏輯。他有兩個有名的師傅；一位是洛塞林（Roscelin of Compiégne），是一位唯名論者，以為宇宙萬物僅是虛名而已；另一位威廉（William of Champeaux），是一位柏拉圖派實在論者，以為宇宙萬物確實存在。阿伯拉自出機杼，獨創新說，建立了一派「語文哲學」。他以為語言文字根本不足以證明宇宙萬物之真理，宇宙萬物乃是屬於物理學的範疇。於是與二師發生激辯。

阿伯拉是屬於逍遙學派的學者，在巴黎及其他各地學苑巡遊演講，闡述亞里士多德的邏輯。一一一三或一一四年間他北至洛昂，在安塞姆（Anselm）門下研習神學，安塞姆乃當時聖經學者的領袖。可是不久他對安塞姆就感到強烈的不滿，以為他所說的盡屬空談，遂即南返巴黎。他公開設帳教學，同時為巴黎大教堂一位教士富爾伯特（Canon Fulbert）的年輕姪女哀綠綺思作私人教師。不久，師生發生戀情，進而有了更親密的關係，生了一個兒子。他們給他命名為阿斯楚拉伯（Astrolabe）。隨後他們就祕密舉行婚禮。為躲避為叔父發覺而大發雷霆，哀綠綺思退隱在巴黎郊外之阿根特伊修道院。富爾伯特對於阿伯拉不稍寬假，賄買兇手將阿伯拉實行閹割以為報復。阿伯拉受此奇恥大辱，入巴黎附近之聖丹尼斯寺院為僧，同時不甘坐視哀綠綺思落入他人之手，強使她在阿根特伊修道院捨身為尼。

阿伯拉在聖丹尼斯擴大其對神學之研究，並且不斷的批評其同修的僧侶之生活方式。他精讀聖經與教會神父之著作，引錄其中的文句成集，好像基督教會的理論頗多矛盾之處。他乃編輯他所發現的資料為一集，題曰「是與否」（*Sic et Non*），寫了一篇序，以邏輯學家與語文學家的身分制訂一些基本規則，根據這些規則學者們可以解釋若干顯然矛盾的意義，並且也可以分辨好多世紀以來使用的文字之不同的意義。他也寫了他的《神學》（*Theologia*）初稿，但於一一二一年蘇瓦松會議中被斥為異端，並遭焚燬處分。阿伯拉對於上帝以及三位一體的神祕性之辯證的解釋被認為是錯誤的，他一度被安置在聖美達寺院予以軟禁。他回到聖丹尼斯的時候，他又把他的「是與否」的方法，施用在這寺院保護神的課題上；他辯稱駐高盧傳道殉教的巴黎聖丹尼斯，並不是被聖保羅所改變信仰的那位雅典的丹尼斯（一稱最高法官戴奧尼索斯）。聖丹尼斯的僧眾以為這對於傳統的主張之批評乃是對全國的汙辱；為了避免被召至法國國王面前受訊，阿伯拉從寺院逃走，尋求香檳的提歐拔特伯爵領邑的庇護。他在那裏過孤寂隱逸的生活，但是生徒追隨不捨，強他恢復哲學講授。他一面講授人間的學問，一面執行僧人的任務，頗為當時其他宗教人士所不滿，阿伯拉乃計議徹底逃離到基督教領域之外。一一二五年，他被推舉為遙遠的布萊頓的聖吉爾達斯・德・魯斯修道院院長，他接受了。在那裏他與當地人士的關係不久也惡化了，幾度幾乎有了性命之憂，他回到法國。

這時節哀綠綺思主持一個新建立的女尼組織，名為「聖靈會」（Paraclete）。阿伯拉成為這個新團體的寺長，他提供了一套女尼的生活規律及其理由；他特別強調文藝研究的重要性。他也提供了他自己編撰的聖歌集。在一一三〇年代初期他和哀綠綺思把他們的情書和宗教性的信札編為一集。

一一三五年左右阿伯拉到巴黎郊外的聖任內微夫山去講學，同時在精力奮發聲名大著之中從事寫作。他修訂了他的《神學》，分析三位一體說信仰的來源，並且稱讚古代異教哲學家們之優點，以及他們之利用理性發現了許多基督教所啟示的基本教義。他又寫了一部書，名為《倫理學》（*Ethica*），又名《認識你自己》（*Scito te ipsum*），乃一短篇傑作，分析罪惡的觀念，獲到一徹底的結論，在上帝的眼裏人的行為並不能使人成為較善或較惡，因為行為本身既非善亦非惡。在上帝心目中重要的是人的意念；罪惡不是做出來的什麼事，實乃人心對明知是錯誤的事之許可。阿伯拉又寫了一部《一哲學家，一猶太人，一基督徒之對話錄》（*Dialogus inter Philosophum, Judaeum et Christianum*），一部《聖保羅致羅馬人函之評論》（*Expositio in Epistolam ad Romanos*），縷述基督一生之意義，僅在於以身作則，誘導世人去愛。

在聖任內微夫山上，阿伯拉吸引來大批的生徒，其中很多位後來成為名人，例如英國的人文主義者騷茲伯來的約翰（John of Salisbury）。不過他也引起很多人甚深的敵意，因為他批評了其他的大師，而且他顯然修改了基督教神學之傳統的教義。在巴黎市內，有影響力的聖約克多寺院的院長對他的主張極不以為然，在其他地方，則有聖提愛利的威廉，本是阿伯拉仰慕者，現在爭取到當時基督教區域中最有勢力的人物克賴福的伯納德的擁護。一一四〇年在桑斯召開的會議，阿伯拉受到嚴重的譴責，這項譴責不久為教宗英納森二世所確認。他於是退隱於柏根底的克魯內大寺院。在院長可敬的彼德疏通之下，他和克賴福的伯納德言歸於好，旋即從教學中退休出來。他如今老病交加，過清苦的僧人生活。他死於附近的聖瑪塞爾小修道院，大概是在一一四二年。他的屍體最初是送到聖靈會，現在是和哀綠綺思並葬於巴黎之拉舍斯禮拜堂墓園中。據在他死後所撰的墓銘，阿伯拉被某些同時人物認為是自古以來最偉大的思想家與教師之一。

以上所述是譯自大英百科全書，雖然簡略，可使我們約略了然於阿伯拉的生平。他是一個有獨立思想的學者，一個誨人不倦的教師，而且是熱情洋溢的人。

哀綠綺思是怎樣的一個人呢？

可惜我們所知不多。她生於一〇九七年，卒於一一六四年。享年六十七歲。據說是“not lowest in beauty, but in literary culture highest.”（在美貌方面不算最差，但在文藝修養方面實在極高。）這涵義是說她雖非怎樣出眾的美女，卻是曠世的才女。事實上哀綠綺思是才貌雙全的。二人初遇時，哀綠綺思年方十九，正是豆蔻年華，而阿伯拉已是三十七歲，相差十八歲。但是年齡不能限制愛情的發生。師生相戀，不是一般人所能容忍的。但是相戀出於真情，名分不足以成為障礙。男女相悅，私下裏生了一個兒子，與禮法是絕對的不合，但是並不違反人性，人情所不免。八百多年前的風流案，至今為人所豔稱，兩人合葬的墓地，至今為人所憑弔。主要的緣故就是他們的情書真摯動人。

《情書》裏警句很多，試摘數則如下。

「上天懲罰我，一方面既不准我滿足我的慾望，一方面又使得我的有罪的慾望燃

燒得狂熾。」性慾的強弱，人各不同。阿伯拉一見哀綠綺思。便「**終日冥想，方寸紊亂，感情猛烈得不容節制**。」這時候阿伯拉已是三十七歲的人，學成名就，不是情竇初開的莽男子，他的感情已壓抑了很久，一旦遇到適宜的對象，便一發而不可收拾。哲學不足以主宰情感。阿伯拉並不是早熟，他的一往情深是正常的。「愛情是不能隱匿的；一句話，一個神情，即使一刻的寂靜，都足以表示愛情。」他們「兩人私會，情意綿綿。」可以理解，值得同情。

「**你敢說婚姻一定不是愛情的墳墓嗎？**」婚姻是愛情的墳墓，這句話不知誰造出的一句俏皮話？須知以愛情為基礎的婚姻，乃是人間無可比擬的幸福。從外表看，婚後的感情易趨於淡薄，實際上婚後的愛乃是另一種愛，洗去了浪漫的色彩，加深了牉合的享受，就如同花開之後結果一般的自然。婚姻是戀愛的完成，不是墳墓。婚姻通常有很長的一段時間，死而後已。

「**假如人間世上真有所謂幸福，我敢信那必是兩個自由戀愛的人的結合。**」人間最大幸福是「如願以償」。《老殘遊記》第二十回最後兩行是一副聯語——「願天下有情人，都成了眷屬；是前生注定事，莫錯過姻緣。」真是善頌善禱。兩情相悅，以至成為眷屬，便是幸福，而且是絕大多數的人所能得到的幸福。不一定才子佳人才算是匹配良緣，世界上沒有那麼多的才子和佳人。也有以自由戀愛始而以仳離終的怨偶，那究竟是例外。如願便是滿足，滿足即是幸福。

「尼庵啊！戒誓啊！我在你們的嚴厲的紀律之下還沒有失掉我的人性！……我的心沒有因為幽禁而變硬，我還是不能忘情。」忘情談何容易，太上才能忘情。佛家所謂「重離煩惱之家，再割塵勞之網」正是同一道理。出家要有兩層手續，剃度受戒是一層，究竟是形式，真能割斷愛根，一心向上，那才是真正的出家。基督教有所謂「堅信禮」，也是給修道者一個機會，在一定期間內如不能堅持仍有退出還俗的選擇。哀綠綺思最初身在修道院而心未忘情，表示她的信心未堅尚未達到較高的境界。

「從來沒有愛過的人，我嫉妒他們的幸福。」這是在戀愛經驗中遭受挫折打擊的人之憤慨語。從來沒愛過，當然就沒有因愛而惹起的煩惱。我們宋朝詞人晏殊所謂的「無情不似多情苦」，也正是同樣的感喟。但是人根本有情，若是從未愛過，在人生經驗上乃一大缺憾，未必是福。因吃東西而哽咽的人會羨慕從來不吃東西的人麼？

「人生就是一個長久誘惑。」這是一位聖徒說的話。「除了誘惑之外，我什麼都能抵抗。」這是王爾德代表一切凡人所說的一句俏皮話。人生是一連串的不斷的誘惑。誘惑大概是來自外界，其實也常起自內心。佛家所謂的「三毒」貪瞋癡，愛就是屬於癡。愛根不除，便不能抵抗誘惑。阿伯拉要求哀綠綺思不要再愛他，要她全心全意的去愛上帝，要她截斷愛根，不再回憶過去的人間的歡樂，作一個真的基督徒的懺悔的榜樣，——這才是超凡入聖，由人的境界昇入宗教的境界。他們兩個相互勉勵，完成了他們的至高純潔的志願，然而在過程中也是十分悽慘的人間悲劇！阿伯拉對哀綠綺思最後的囑咐是：**「你已脫離塵世，哪裏還有什麼配使你留戀？永遠張眼望著上帝，你的殘生已經獻奉了他。」**這樣的打發一個人的殘生，是悲劇，也是解脫。

我在〈譯後記〉說 George Moore 有他的譯本，我說錯了。他沒有譯本，他的作品是一部小說。《情書》之較新的英譯本是一九二五年的 C.K. Scott Moncrieff 的，和一九四七年 J.T. Muckle 的。

——民國七十五年十一月二十二日

李明輝先生讀了上文之後寫了一篇〈共相〉刊於《中國時報》人間副刊，指出我有「錯誤的論述」，謹附於後以誌吾過。

頃閱人間副刊十二月七日梁實秋先生〈阿伯拉與哀綠綺思的情書〉一文，發現其中有一段錯誤的論述。梁文中說：「他（阿伯拉）有兩個有名的師傅：一位是洛塞林，是一位唯名論者，以爲宇宙萬物僅是虛名而已；另一位威廉，是一位柏拉圖派實在論者，以爲宇宙萬物確實存在。」梁先生說：他的敘述是譯自《大英百科全書》。但這段論述卻不合一般哲學史的理解。在哲學中，當我們把實在論當作唯名論的相反立場（而非當作觀念論的相反立場）時，係牽涉到「共相」（universals）的實在性問題：實在論者承認共相（不是宇宙萬物！）有其實在性，唯名論者則把共相視爲由抽象作用產生的名目而已，其自身無實在性。這是兩個語詞在梁文中應有的涵義。據我查《大英百科全書》，梁先生應是把「共相」（universals）解爲「宇宙萬物」之意。

既然柏拉圖承認共相的實在性，因此，說威廉是「一位柏拉圖派實在論者」，這不算錯；但這個「實在論」卻不是梁先生所了解的「實在論」。梁先生的說法實足以引起誤解。

華清池

讀過白居易〈長恨歌〉的人，都知道我們有個華清池。「春寒賜浴華清池，溫泉水滑洗凝脂……」。縱不引發某些人想像中窺浴的念頭，那旖旎的風光足夠很多人嚮往的。其實這個地方是以溫泉名，在陝西臨潼城南驪山東北麓。「驪山晚照」號稱「關中八景」之一。楊貴妃在她專用的「芙蓉湯」洗過澡，與我們沒有多大關係。作為古蹟看，倒是值得注意的。

秦始皇自阿房宮修築四十多公里的「閣道」通往這個離宮，離宮就是行宮，名為驪山湯，湯就是溫泉。一代暴君當然不能不有豪華享受。漢武帝也不多讓，大事擴建，王維所謂「漢主離宮接露臺，秦川一半夕陽開」，說的就是這個地方。唐太宗派畫家閻立德設計改建為溫泉宮，唐玄宗更擴建為華清宮，為了楊貴妃一浴而特別的名聞於後世。其實這個地方並無名山大川，談不上什麼美景，只是有一個很好的溫泉，歷代帝王不惜勞民傷財大事修建作為私人休沐的別墅罷了。其規畫建築較之有清一代的避暑山莊和頤和園，恐怕差得遠。

民國二十九年元月，道出西安，順便到臨潼看華清池，哪裏還有什麼宮殿樓閣，滿目是西北特有的黃塵滾滾，雖已經過近人的修葺，也只是幾幢不中不西的小小樓房，幾座平平常常的亭臺木橋而已。我一看非常失望。幾株大柳樹，枯枝飄拂在寒風裏，景況十分淒涼。至於那溫泉，卻還是滾燙的，澈清的。想想多少風流人物盡成塵土，一般溫泉仍然汩汩不絕的長流，不勝感慨。什麼蓮花池芙蓉池，誰會感興趣？有一個公開的民眾可以享用的大浴池，竟是一個黑暗齷齪的大水坑，熱氣蒸騰，不值一顧。我對華清池的印象隨著時光的流轉也漸漸淡忘了。

不料今年三月底，報端出現「伊美黛的華清池」新聞一條，據云：「菲律賓總統府馬拉坎南宮，上個月公諸大眾，爭先恐後擁入宮裏的菲國民眾，驚異地發現他們的第一夫人，竟然擁有一座鑲著黃金水龍頭的特大浴池。曾經有人好奇得跳進澡盆戲水，感受貴妃般生活的樂趣。」又說：「池邊各項設備均為進口貨。」附有彩色插圖為證。暴發戶的氣味很濃，令人看了作三日嘔。參觀人中居然有人胃口那樣好，肯跳進去戲水！華清池是我們幾朝君王驕奢淫佚留下來的不朽的紀念物，一個國步維艱民生凋敝的國度也會有一個類似華清池的所在！

天下事往往無獨有偶。一九八五年七月十七日巴黎《人民日報》海外版有「林彪行宮開放」一段新聞：「到杭州遊覽，乘車沿西湖往花港公園後邊的山林深處駛去，可以到達一座掩映在萬綠叢中的『宮殿』。這是林彪在杭州的行宮，即著名的『七〇四工程』。整個工程佔地三百零七畝，建築面積二萬八千平方米，耗資三千萬元，用鋼材三千噸，木材八千立方米，水泥一萬八千噸。一號主樓外觀為中西結合式樣。建築分地上地下兩部分。地上部分有一個小劇場，一個舞廳，和數十個房間……地下部分，建築面積為四千平方米，共有房間大小四十多間……這座行宮還沒有竣工……四人幫倒臺後，這裏成為浙江高級賓館，完全對外開放。遊人可買票進去參觀，還可以到溫水游泳池游泳……」。不知這個游泳池比華清池如何？林彪何人，也有「行宮」？宮裏也有溫水游泳池？這段新聞注明是「摘自《成都晚報》」，想來不是揑造。水光瀲灩山色空濛之中平添這麼一座行宮，是使湖光生色還是使山水蒙羞？

因華清池而說到今天類似華清池的構築，又不禁想到范仲淹〈岳陽樓記〉所說：「先天下之憂而憂，後天下之樂而樂」，古仁人並不多覯，求之今世，難矣哉！

新年樂事

到處都是「新年快樂」的祝賀之聲。「民猶是也，國猶是也」，樂從何來？我個人倒有幾點樂事可紀。

熱心的讀者來函，謂我耳聾聽不見電話鈴響，現有救濟之法，可在電話機上裝置閃亮器，鈴響則燈光閃爍。可惜他沒有告訴我如何購置安裝。訪幾家電器行，都說聞所未聞。託朋友打聽，亦不得要領。事乃擱置。

陽曆客歲末，女文薔自國外來，我以此事告之。她略一躊躇，拾起電話耳機，和電信局服務部門通話。兩三分鐘內，問題解決。電信局早有此項為聾者服務的辦法，當經約定於年假後一日派人前來施工。

因時值假日甫告屆滿，工人未果來。正惶惑間，翌日兩位工人至，首先為爽約致歉。隨即換機安燈，歷一小時畢。當時不索費用謂將於收取電話費時一併計算，此後每月電話費加收二十五元而已。

我還有兩具分機，亦欲有同樣裝置。承告須另行填表申請，准否不可知。我請其代為申請，二人初有難色，繼而承允代辦。翌日復來，為分機施工。旋又來職員兩位監督複查，禮貌周到之至。電信局服務多端，此其一項而已。其服務便民之精神，至堪欽佩。

電話除閃亮器外，尚有聲響擴大之裝置，不但鈴響之聲加大，電話傳音亦隨同增高，其音量可以調整。每逢電話來，燈光閃閃，鈴聲大震，其勢洶洶，我立刻去接，沒有一次遺漏。不過撥錯號碼的很多，尤其是我早睡的習慣，一被枕邊的鈴響震醒，便久久不能入睡。有一利就有一弊，沒得說。

「結廬在人境，而無車馬喧」是唯心論者的說法。我居陋巷，汽車的喇叭聲日夜不絕，好像每個開車的人都是大官出巡，儀衛喝道，行人都須閃避。小販的吆喝聲近來不大聽見，但是代之以擴音器，呱啦呱啦的聲勢更是驚人。即使是賣烤白薯的老鄉，手搖旋轉的竹器，卡啦卡啦的響聲也是無遠弗屆的。有人羨慕我因聾而耳根清靜，不受噪音干擾。這是誤會。耳雖聾，還是聽見一些。因思古人有所謂「瑱」，亦曰「充耳」，是掛在冠冕兩旁之飾物，我想也未必就真能令人「充耳不聞」。可是到了新年，情形不同了。我們的都市體制，不分什麼住宅區商業區，即使是好多層的樓房，樓上住家，地面一層就是商店或小型修理工廠。我住的陋巷，在步行三五分鐘路程以內就有餐館近三十家，理髮美容六七家。這些家商店新正開業都要大放鞭炮，以發利市。鞭要長，聲要響，否則不夠氣派。炮聲響時，不但人為之一驚，三隻小貓也為之四竄。煙硝起處，有如地獄硫磺，趕關窗戶都來不及。人人有放鞭炮的自由，沒有人能享不受干擾的自由。今年的情形好像略有好轉。陰曆除夕爆竹疏疏落落，只有幾聲點綴。新正開市也只聽到幾掛鞭響。此外挨門逐戶的舞獅討賞，鑼鼓喧天的局面，今年好像也匿跡銷聲了。也許是大家另有娛樂，不再作此無益之事。我在比較清靜的情況中過了年，這也是我的新年樂事之一。

從前住家平房居多，有門楣門框，有油漆大門，一般中等人家以及普通商店過年時不免張貼春聯以為點綴。如今房屋構造不同，春聯似已無處可以張貼。春聯例不署名，而且向來聯語也很少新製。如今能操毛筆寫字的人已逐漸減少，懂得平仄的人也不太多，新製聯語求其不寫別字，平仄調、對仗工，實在很難。倒是街頭巷尾擺攤賣聯的，沿用舊詞，不失體例，可是他們的生意似不見佳。

有些人家喜歡張掛「福」字「春」字斗方，而且是倒掛著，初創時是一噱頭，大家沿用起來便覺庸俗可哂。散步街頭，偶然看到「對我生財」「大家恭喜」之類的紅紙條子，一般的春聯似乎少了。

過新年，家家戶戶都要辦年貨，作年菜，儲備好幾天的飲食所需。其實吃年菜，就是天天吃剩菜！大鍋菜根本不怎樣好吃。在農村社會或寒苦人家，過年宰一隻豬或買半片豬，大打牙祭，猶有可說。如今情況不同，上上下下每天都好像是過年。冰箱可以儲藏剩菜，微波爐也好溫熱剩菜，但是何必要吃剩菜？可是如果店鋪過年不作生意，家家被迫不能不備年菜。今年超級市場都在年假中照常營業，我每天都有新鮮菜蔬可吃，我覺得這也是最大的新年樂事之一。

年已過，樂未央，覺得社會有進步，援筆紀之。

——丁卯人日

不要被人牽著鼻子走！

——懷念胡適先生

二十五年前的二月二十四日下午，幾位客人在舍下作方城戲。我不在局內。電話鈴響，是一位朋友報告胡適之先生突然逝世的消息。牌局立即停止，大家聚在客廳，悽然無語，不歡而散。

《文星》要我寫篇文章悼念胡先生，我一時寫不出來，我初步的感想是：胡先生的逝世是我們國家無可彌補的損失。於是我寫了以「但恨不見替人」為題的約一千字的短文。二十五年過去了，我仍然覺得沒有人能代替他。難道真如趙甌北所說「江山代有才人出，各領風騷數百年」，要等幾百年麼？

胡先生之不可及處在於他的品學俱隆。他與人為善，有教無類的精神是盡人皆知的。我在上海中國公學教書的時候，親見他在校長辦公室不時的被學生包圍，大部分是托著墨海（硯池）拿著宣紙請求先生的墨寶。先生是來者不拒，談笑風生，顧而樂之，但是也常累得滿頭大汗。一口氣寫二三十副對聯是常事。先生自知並不以書法見長，他就是不肯拂青年之意。在北京大學的時候，他的賓客太多，無法應付，乃訂於每星期六上午公開接見來賓。親朋故舊，以及慕名來訪的，還有青年學子來執經問難的，把米糧庫四號先生的寓所擠得爆滿。先生周旋其間，手揮五絃，目送飛鴻。樂於與青年學子和一般人士接觸的學者，以我所知，只有梁任公先生差可比擬，然尚不及胡先生之平易近人。胡先生胸襟開廓，而又愛才若渴，凡是未能親炙而寫信請教者，只要信有內容而又親切通順，先生必定作答，因此由書信交往而蒙先生獎掖者頗不乏人。

先生任駐美大使期間，各處奔走演講從事宣傳，收效甚宏，原有一筆特支費不須報銷，但是先生於普通出差費用之外未曾動用特支分文，掃數歸繳國庫。外交圈內，以我所知，僅從前之羅文榦部長有此高風亮節。蓋先生平素自奉甚儉，辦事認真，而利祿不足以動其心。猶憶在上海辦《新月》時，先生常邀儕輩到家餐聚，桌上的食物是夫人親製的一個大鍋菜，一層雞、一層肉、一層蛋餃、一層蘿蔔白菜，名為徽州的

「一品鍋」。熱氣騰騰，主客盡歡。胡先生始終不離其對鄉土的愛好。在美國旅居時，有人從臺灣到美國，胡先生煩他攜帶的東西是一套柳條編的大蒸籠。先生讚美西洋文明，但他自己過的是樸實簡單的生活。儉以養廉，自然不失儒家風範。

中國公學有一年因辦事人員措置乖方，致使全體人員薪給未能按時發放，群情憤激。胡先生時在北平，聞訊遄返，問明原委，明辨是非，絕不偏袒部屬。處事公道而不瞻顧私情的精神使大家由衷翕服。像這一類的事蹟，一定還多，和先生較多接觸的人一定知道得比我多。

許多偉大人物常於瑣事中顯露出其不凡。胡先生曾對我們幾個朋友說，他讀陶淵明傳，讀到他給兒子的信「汝旦夕之費，自給為難，今遣此力，助汝薪水之勞，此亦人子也，可善遇之。」大為感動，從此先生對於僕役人等無不禮遇，待如友朋，從無疾言厲色。有一次我在北大下課，值先生於校門口，承囑搭他的車送我回家。那一天正值雨後，一路上他頻頻注視前方，囑咐司機：「小心，慢行，前面路上有個水坑，不要濺水到行人身上……」忙著作這樣的叮嚀，竟沒得工夫和我說幾句話。坐汽車的人居然顧到行人。據李濟先生告訴我，有一回他和先生出遊，倦歸旅舍，先生未浴即睡，李先生問其故，先生說：「今日過倦，浴罷刷洗澡盆，力有未勝。」李先生大驚，因為他從未聽說過旅客要自刷澡盆。但是先生處處顧到別人，已成習慣，有如此者。

學貫中西，實非易事，而胡先生當之無愧。試看他在青年時期所寫的「留學日記」，有幾人能有他那樣的好學深思？我個人在他那年齡，縱非醉生夢死，也是孤陋寡聞。先生嘗自期許，「但開風氣不為師」。白話文運動便數他貢獻最大，除了極少數的若干人之外，全國早已風靡，無人不受其影響。

在學術思想方面，先生竭力提倡自由批評的風氣。他曾說：「上帝都可以批評，還有什麼不可以批評的？」他有考證癖，凡事都要尋根問柢。他介紹西方的某些哲學思想，但是「全盤西化」卻不是他的主張。他反對某些所謂的禮教，但是他認識「儒」的意義，「打倒孔家店」的話不是他說的。有一年他到廬山看見一座和尚的塔，歸來寫了一篇六千字的文章作考據。常燕生先生譏諷他為玩物喪志，先生意頗不平，他說他是要教人一個尋證求真的方法。後來先生對《水經注》發生了興趣，經年累月的作了深入而龐大的研究，我曾當面問他這是不是玩物喪志，先生依然正色的說：「這是提示一個研究的方法。」現在他的《水經注》的研究已發表了，我不知道有多少學人從中學習到他的一套方法，不過我相信他對於研究學問的方法之熱心倡導是不可及的。

先生自承沒有從政的能力，也沒有政治的野心，但對政治理論與實際民生饒有興趣。他有批評的勇氣，也有容忍的雅量。他在《新月》上發表一連串的文章，後來輯為小冊，曰《人權論集》。當時有人譏為十八世紀思想。如今「人權」「人權」之說叫得震天價響了。

我遍讀先生書，覺得有一句一以貫之名言：「不要被人牽著鼻子走！」

「豈有文章驚海內」
——答丘彥明女士問

「豈有文章驚海內，漫勞車馬駐江干」是杜工部的名句，也是他謙己之語。當時杜公四十九歲，自嗟老病。我今年逾八旬，引杜詩為題以自況，乃係實情，並非謙撝。丘彥明女士惠然來訪，我如聞跫音。出示二十二問，直欲使我之鄙陋無所遁形。秉筆覼縷，不能成章，慚愧慚愧。

丘：梁教授，您曾經跟我提過，當您從美國留學返國時，令尊遺憾的說：「若我們是富有人家，我一定讓你關在家裏再讀十年書，然後再出去做事。」好像，北平有名的「厚德福飯莊」是您們家的產業之一。能否談談您的家世？

梁：我沒有什麼輝煌的「家世」可談。

我的遠祖在河北（直隸）沙河一帶務農。我的祖父到了北京謀生，後來得到機會宦遊廣東，於是家道小康。返棹北歸，路過杭州小住，因家父入學應考，遂落籍錢塘。從此我的籍貫一直是浙江錢塘。事實上我是前清光緒二十八年（民前十年）夏曆十二月八日生於北京。民國四年（一九一五）我小學畢業，投考清華學校，清華是由各省攤派庚子賠款而設立的，所以學生由各省考送。為了籍貫的關係，我在直隸省京兆大興縣署（北京東城屬大興縣）申請入籍，以便合法的就近在天津應考，從此我的籍貫就是北平了。我的母親是杭州人。

老家在北京東城根老君堂。祖父自南方歸來，才買下內務部街二十號的房子。那時不叫內務部街，叫勾欄胡同，不知道為什麼取這樣的一個地名（勾欄本是廳院的意思，元以後妓院亦稱勾欄）。這是一幢不大不小的房子，有正院、前院、後院、左右跨院，共有房屋三十幾間，算是北平的標準小康之家的住宅。「天棚魚缸石榴樹」一都應有盡有了。我曾寫了一篇〈疲馬戀舊秣，羈禽思故棲〉，是懷念我的這個舊居之作。這篇文字被喜樂先生看見了，他也是老北京，很感興趣，根據我的描寫以及他對北平式房屋構造的認識，畫了一幅我的舊居圖送給我。他花了好多天的工夫，用了七十多小時，才完成這一幅他所最擅長的界畫，和我所想念的舊居實際情形可以說是八九不離十，只是畫得太漂亮了一些。現在的內務部街二十號不是這個樣了。

大陸開放後，我的女兒文薔曾到北平探親，想要順便巡視我的舊居，經過若干周折，獲准前去一視。大門猶在，面貌全非。裏面住了十九家，家家簷下堆煤舉火為炊，成為頗有規模的「大雜院」。魚缸仍在，石榴海棠丁香則俱已無存，唯後跨院屋中一個「隔扇心」還有我題的幾個字。她匆匆的照了不少張相片，我看了覺得慘不忍睹。她帶回了一樣東西給我，我保存至今——從舊居院中一棵棗樹上摘下來的一個棗子，還帶著好幾片葉子，長途攜來仍是青綠，並未褪色，浸在水中數日之後才漸漸乾萎。這個棗子現在雖然只是一個普通乾皺的紅棗的樣子，卻是我唯一的和我故居之物質上的連繫。

我的家不是富有之家，只是略有恆產，衣食無缺。北平厚德福飯莊不是我家產業，在此不妨略加解釋。我父親是厚德福的老主顧，和厚德福的掌櫃陳蓮堂先生自然的有了友誼。陳蓮堂開封人，不但手藝好，而且為人正直；只是舊式商人重於保守，不事擴張，厚德福乃長久局限在小巷中狹隘的局面。家父力勸擴展，蓮堂先生心為之動，適城南遊藝園方在籌設，家父代為奔走接洽，厚德福分號乃在遊藝園中成立，生意鼎盛。從此家父借箸代籌，陸續在瀋陽、哈爾濱、青島、西安、上海、香港等地設立連鎖分店，家父與我亦分別小量投資幾處成為股東。經過兩次動亂，一切經營盡付流水，這就是我家和厚德福關係之始末。

本來我家屬於中產階級，民元袁世凱嗾使曹錕部下兵變，大肆劫掠平津，我家亦遭荼毒，從此家道中落。我自留學歸來，立即就教職於國立東南大學，我父親不勝感慨，他以為我該閉戶讀書，然後再出而問世。知子莫若父，知己也莫若自己。父母的訓導與身教，使我知道勤儉二字為立身處世之道，終身不敢踰。

丘：您還說過小時候您很頑皮，惹了禍總是哥哥受罰，而您逃過了處罰，請說說您的童年。

梁：我的童年生活，只模糊的記得一些事。

北平有一童謠：

小小子兒，
坐門墩兒，
哭哭啼啼的想媳婦兒。
娶了媳婦兒幹什麼呀？
點燈，說話兒；
吹燈，作伴兒；
早晨起來梳小辮兒。

梳小辮兒是一天中第一件大事。我是在民國元年才把小辮兒剪了去。那時候我的辮子已有一尺多長，睡一夜覺，辮子往往就鬆散了，辮子不梳好是不准出屋門的。所以早起急於梳辮子，而母親忙，匆匆的給我梳，梳得緊，揪得頭皮痛。我非常厭惡這根豬尾巴。父親讀《揚州十日記》《大義覺迷錄》之類的書，常把滿軍入關之後「留頭不留髮，留髮不留頭」的故事講給我們聽，我們對於辮子益發沒有好感。革命後把辮子一刀兩斷，十分快意。那時候北平的新式理髮館只有東總布胡同西口路北一處，座椅兩張。我第一次到那裏剪髮，連揪帶剪，相當痛，而且頭髮渣順著脖子掉下去。

民國以前，我的家是純粹舊式的。孩子不是一家之主，是受氣包兒。家規很嚴。門房、下房，根本不許涉足其間。爺爺奶奶住的上房，無事也不准進去，父親的書房也是禁地，佛堂更不用說。所以孩子們活動的空間有限。室內遊戲以在炕上攀登被窩垛為主，再不就是用窗簾布掛在幾張桌前作成小屋狀，鑽進去坐著，彼此作客互訪為樂。玩具是有的，不外乎從「打糖鑼兒的」擔子上買來的泥巴製的小蠟籤兒之類，從隆福寺買來的小「空竹」算是上品了。

我記得兒時的服裝，最簡單不過。夏天似乎永遠是竹布一身褲褂，白布是禁忌。冬天自然是大棉襖小棉襖，穿得滾圓臃腫。鞋子襪子都是自家做的，自古以來不就是以「青鞵布襪」作為高人雅士的標識麼？我們在童時就有了那樣的打扮。進了清華之後，才斗膽自主寫信到天津郵購了一雙白帆布鞋，才買了洋襪子穿。暑假把一雙雙的布襪子原樣帶回家，被母親發現，才停止了布襪的供應。布鞋、毛窩，一直在腳上穿著，皮鞋是很久以後的事了。

小孩子哪有不饞的？早晨燒餅油條或是三角饅頭，然後一頓麵一頓飯，三餐無缺，要想吃零食不大容易。門口零食小販是不許照顧的，有時候偷著吃「果子乾」「玻璃粉」或是買串糖葫蘆，被發現便不免要挨罵。所以我出去到大鵓鴿市進陶氏學堂的時候，看見賣漿米藕的小販，駐足而觀，幾乎饞死，豁出兩天不吃燒餅油條，積了兩個銅板才得買了一小碟吃。我的一個弟弟想吃肉，有一天情不自已的問出一句使母親心酸的話：「媽，小炸丸子賣多少錢一碟？」

革命以後，情況不同了。我的家庭也起了革命。我們可以穿白布衫褲，可以隨時在院子裏拍皮球、放風箏、耍金箍棒，可以逛隆福寺吃「驢打滾兒」、「愛窩窩」。父親也帶我們擠廠甸。

念字號兒，描紅模子，讀商務出版的「人手足刀尺，一人二手，開門見山，山高月小，水落石出……」，這一套啟蒙教育，都是在匟桌上，在母親的苕帚疙瘩的威嚇下，順利進行的。我們沒受過體罰。我比較頑皮淘氣，可是也沒挨過打。我愛發問，我讀過「一老人，入市中，買魚兩尾，步行回家」之後，曾經發問：「為什麼買魚兩尾就不許他回家？」

父親給我們訂了一份商務的《兒童畫報》，卷末有一欄繪一空白輪廓，要小讀者運用想像力在其中填畫一件彩色的實物。寄了去如果中選有獎。我得了好幾次獎，大概我是屬於「小時了了」那一類型。上房後匠的匠案上有一箱裝訂成冊的《吳友如畫寶》，雖然說明文字未必能看得懂，畫中大意往往能體會到一大部分，幫助我了解社會人生不淺。性的知識，我便是在八九歲時從吳友如幾期畫報中領悟到的。

這就是我童年生活的大概。

丘：能否談談您的求學經過？林徽因的丈夫——梁啟超的兒子梁思成，是您清華同學，好像同宿同寢室是不是？作家冰心和她的先生是您留學美國的同學。請您除了告訴我們求學經過之外，能不能告訴我們影響您最深的一些師長和同學，或是交往情形。

梁：我求學經過很順利。在清華學校一住就是八年。進去的時候是十四歲的孩子，捨不得離開家，臨去時母親哭了，我也憯然。離開清華赴美留學的時候，我已是二十二歲的少年，捨不得離開我所愛的人和我所愛的國家，但還是踏上了征途。我的行李箱裏裝的是一部前四史（這是我父親堅持要我帶的，要我三年之內讀畢，我交了白卷），兩只琺瑯花瓶一個琺瑯香鑪，及一些雜物，包括一面長達幾近一丈的綢質大國旗（五色旗）。這國旗派上了用場，紐約留學生舉行孫中山先生哀悼會時，主席羅隆基借用了我這面國旗懸在臺上。在美國很難找到這樣大的國旗。我在清華八年的生活，具見〈清華八年〉一文，收在《秋室雜憶》裏。

你提起的梁思成、吳文藻（冰心的先生）是我同班的同學。我這一班起初約九十人，畢業時只賸約六七十人。梁思成不是我同寢室的，寢室每年一換，我最後一年同寢室的是顧毓琇、吳景超、王化成。吳文藻是我同班同學，他的夫人謝冰心是燕大畢業的，和我們同船去了美國，所以成了相識。

我這一班同學人數眾多，至今我還憶得十之八九。例如：作過葡萄牙公使的王化成，出使土耳其、巴西的李迪俊，曾任主計長的吳大鈞，改良稻種有成的李先聞，擅長聲樂的應尚能，專攻電影的孫瑜，研究天文的張鈺哲，精通語言學的李方桂，傑出的陸軍將領孫立人，建築學者的梁思成，社會學家的吳景超與吳文藻，興辦水泥事業的徐宗涑，電機學家的顧毓琇，路透社經理的趙敏恆等。

求學期間影響我最大的，首先是小學的老師周香如先生，他給我打下國文的基礎，隨後是清華的徐鏡澄先生，他教我如何作文。哈佛大學的白璧德教授，使我從青春的浪漫轉到嚴肅的古典，一部分由於他的學識精湛，一部分由於他精通梵典與儒家經籍，融會中西思潮而成為新人文主義，使我衷心讚仰。胡適之先生，長我十一歲，雖未及門，實同私淑，他提倡白話為文，倡導自由思想，對我有很大的啟迪的作用。

同學之間，聞一多對我影響很大。他學美術，本來專攻西洋油畫，後來他發現國人在油畫無法與西人頡頏，乃拋棄畫筆，鑽研中國古典文學，早年作白話詩至是亦為之擱筆。他有文才，重情感，講義氣。在清華時，課餘之暇，輒相與論文，我對文學的興趣有很大部分是他激發出來的。抗戰前數年，我常作政論刊於報端，一多曾譏我為不務正業，甘與羅隆基為伍，迨抗戰軍興，一多竟捲入政治漩渦，與羅隆基合流而終不免於意外之災。他給我畫過兩張畫，一張是水彩畫〈荷花池畔〉，畫的是清華園內的勝景，於我有紀念性。另一張是油畫的我的半身像，當時他正醉心於印象派的理論，不但把我畫成粗眉大眼，而且把我的怒髮畫成為綠色，活像夜叉。這兩張畫可惜都失落了。他給我刻過一個閒章——「談言微中」——白文，也不見了。他的第一部詩集《紅燭》是由我交給郭沫若轉給泰東出版的。

另一位同學影響我甚巨的是潘光旦。他比我高一級，但是在紐約往還了足足一年。他和吳文藻合住哥倫比亞大學黎文斯通大廈裏的一間宿舍，我常去找他聊天。他學的是優生學，以改良人種為第一要義。遺傳最重要，他舉出我國的大書法家以及著名的伶人，大抵是歷代相傳的世家，其關鍵在於婚姻的選擇。因此他最欽佩丹麥，管制婚姻最為徹底，讓優秀的人多生子女，讓庸劣的大眾少生子女，種族才得健全。這樣的想法，和我正在傾倒於卡賴爾的英雄崇拜的傾向正相符合。我對於所謂「普羅」的看法似乎找到了理論的根據。光旦對於中國的學問也有根柢。他說「民為貴」的思想創自孟子，孔子不曾說過這樣的話，孔子的理想是貴族政治。他又指出，海外華僑是我們的優秀分子，逃難出關的山東老鄉也是優秀分子，歷史上南渡的客家也是優秀分子，因為他們有魄力遠走高飛開拓新局。他對於譜牒之學深感興趣。我聽他的議論久了，不自覺的深受他的影響，反映在我的文學觀上。

丘：回國初期，您與魯迅先生有一場筆戰，事經五十年，您再回頭來看這場論戰，看法又是如何？

梁：我與魯迅的論戰，實際上不成為論戰，因為論戰要有個題目，要有個範圍。魯迅沒有文學的主張，他沒有寫過一篇文章陳述他的文學思想。他也沒有明確的政治立場，除了一個主義之外，他批評遍了所有的政治的思想。無怪乎如今上海虹口公園有他的墓園，並且有他的銅像，而乃弟周作人卻有這樣的批評：

死後由人擺布，說是紀念，其實有些實是戲弄。我從照片上看上海的墳頭所設銅像，那可以算作最大的侮辱，高坐在椅上的人豈非即是頭戴紙冠的形象乎？高高在臺上，一人坐椅上。雖是尊崇他，其實也是在挖苦他的一個諷刺畫，即是他生前所謂思想界的權威的紙糊高冠是也。恐九泉有知，不免要苦笑的吧？

（見《傳記文學》第二四五期）

沒有人能說清楚「魯迅思想」是什麼，而他戴上了這樣的一個紙糊高冠，為他叫屈者怕不只乃弟一人。魯迅思想，其實只是以尖酸刻薄的筆調表示他之「不滿於現狀」的態度而已。而單單的「不滿於現狀」卻不能構成為一種思想。

魯迅之所以寫出那些憤激偏頗的文字，我在報端讀到一篇文章之後有了一點新的了解。七十一年九月二十日《聯合報》有高陽先生談〈魯迅心頭的烙痕〉一文，大意說：魯迅的祖父名周福清，是一名進士，外放江西金谿知縣，因案降為教諭，捐了一個內閣中書，作了十幾年京官。光緒十九年丁憂回籍，適逢慈禧六旬壽，舉行恩科鄉試，周福清受人之託向浙江主考賄買關節，連他的兒子（亦即魯迅之父周用吉）共六人。不料僕人送錯了賄買的對象，事發吃上了官司。科場舞弊是很嚴重的事。有司不願興大獄，判為充軍新疆，更不料御批為斬監候秋後處決。從此周家傾家蕩產上下打點設法拖延，雖然最後周福清保住性命充軍了事，但周用吉憂傷而亡，魯迅兄弟寄養戚家飽受白眼，因而養成魯迅之偏激負氣與周作人之冷漠孤傲的脾氣。根據這一段敘述，我們對魯迅似應寄以相當程度的諒解。他因家變的關係，心理不正常。

還有魯迅的婚姻非常不幸，也影響到他的心理，也值得我們同情。

魯迅的作品，我以為不必列為禁書，其中有優秀的部分，有乖謬的部分，讀者自能分辨。

丘：抗戰時，左派人士攻擊您提出「文藝與抗戰無關」的理論。不久前，柯靈還寫文章為此事替您「平反」。其實愛國與純粹文學創作並不衝突，您曾在北平淪陷那天，對您的大女兒文茜說：「孩子，明天你吃的燒餅就是亡國奴的燒餅。」您想，抗戰時左派人士的藉題批判，是否為與魯迅筆戰的延長與後遺症？

梁：我根本沒說過「文藝與抗戰無關」這樣的話。這是左翼仁兄善於給人戴帽子的慣伎。我只在《中央日報》副刊上說：「與抗戰有關的作品我們最為歡迎，與抗戰無關的我們也需要。」即使是在抗戰期間，我說的這句話也沒有錯。

抗戰前的五六年間，左翼仁兄一直在攻擊我，其原因是一小撮人士假借與文學無關的力量，企圖造成一種聲勢稱霸所謂「文壇」，來「為政治服務」。他們當然不能容忍任何人的異議。我批評過魯迅譯的《文藝政策》，我也揭露過「普羅文學」之暴起與突落，我一貫主張思想自由，這都是遭當時某些人之大忌的。抗戰軍興，我更主張一致對外，不能同情對政府一切陽奉陰違的行動，這也是招怨的另一原因。因此就有人製造了一個「抗戰無關論」的帽子送給我戴。其高潮是延安拒絕我以「國民參政會華北慰勞觀察團」團員身分前往訪問。其實我是懷著很大熱誠希望能去實地觀察。

最近在報紙上看到柯靈先生為文給我的「抗戰無關論」的罪名平反。實在不勝感慨。平反也者，是為冤獄翻案，是為誤判糾正，當然是好事。不過我實際上並未入獄，也未奉到判決書。有些事情，是是非非，原無須等待歷史來證明的。

我附帶著說明一點：我們凡事不可犯「偏執」的毛病，不可強求一致。國家需要統一，不容分裂，這是當然的事。但有許多事卻不必統一。以文藝而論，清一色是不必而且不可能的。魯迅譯的《文藝政策》是蘇聯的文藝政策，企圖通過當時的第三國際利用文藝推行其赤化世界的計畫。但是行不通，不久也就不彈此調了。張道藩先生是我多年的朋友，在他手中也規畫過一套文藝政策，我不以為然，曾在文字中與口頭上表示過不同的意見。道藩先生有雅量容忍我的異議。

凡是任何純正的文藝運動，都是先有作品問世，後有主張發表，不是先由幾個人制訂一套主張然後令大家遵從奉行。像普羅文學運動，革命文學運動，都是空嚷口號，沒有貨色，表面上熱鬧一陣，不久就煙消火滅。連魯迅都承認，「拿貨色來」是合理的要求，他到臨死前不久的時候還囑咐人莫作「空頭文學家」。

丘：能否談談《新月》以及《新月》的一批朋友？至今《新月》已歸入為現代中國文學史研究的一部分，如今回顧，您覺得《新月》在現代文學史上的意義和功過如何？

梁：《新月》月刊創刊於民國十七年三月十日，維持到二十二年六月，共出版了四十三期，時間不算長也不算短。最初的發起人應是徐志摩。民國十六七年，國內戰亂頻仍，各地不少人士聚集在上海租界。胡適、徐志摩、丁西林等來自北平，余上沅和我來自南京，潘光旦、劉英士、饒子離等原在上海。這些人聚在一起，經志摩的熱心奔走，遂組成了《新月》。我們這一群人都不是屬於「資產階級」的人，當時由大家認股，大股一百元，小股五十元，湊足近五千元，「新月書店」就在望平街開張了，後來遷至四馬路。我是屬於較為貧窮的一類，只認股五十元。我們從來沒開過股東會，月刊的編輯出版事實上是由志摩主其事，精神上大家都默認胡適之先生為領導人。有人說我們是「新月派」，其實我們並無組織規程，亦無活動計畫，更無所謂會員會籍，只是一小群窮「教書匠」業餘之暇編印一個刊物而已。我們沒有政治色彩，我們都是強烈的個人自由主義者。

《新月》全部四十三期現有翻印本行世，在海外流行的版本是完整的，在臺灣流行的則有部分刪節，現聞亦已絕版。想查看這些歷史陳跡的人，在圖書館裏應該不難找到。我曾於一個時期主編過《新月》，也曾有一段時間同時兼任書店的經理，講到「《新月》在歷史上的意義和功過」，似應由別人客觀估計，我不便置喙，不過我自己回顧既往，覺得《新月》所作的事可得而言者約有下列數端：

第一是思想自由的提倡。胡適先生的幾篇涉及政治思想的文章以及像〈名教〉那樣的作品，都是樹立了自由批評的典範。《人權論集》內各篇文字是先生在《新月》發表過的。我記得胡先生有一篇頗觸時忌，業已在發排中，胡先生的老友中國公學校董丁轂音先生聞訊跑到我家堅持要撤出手稿，我堅持不允，我告以除了胡先生本人以外，沒有人有權力扼殺此文的發表。當然丁先生也是好意，不過我們看法不同。結果是這一期的《新月》被禁，只能在上海租界流通（租界之存在是我們國家的恥辱，在租界裏享受言論自由其事亦至可悲）。

就文藝而論，《新月》走的是正常的文藝發展的道路，對於當時所謂的「革命文學」「普羅文學」的運動都不能苟同。主要的原因是那些運動不是真正在文藝範圍以內的活動，乃是以文藝為政治工具的一種辦法。利用文藝為工具也未嘗不可，不過不能認為那就是文藝的唯一的正當用途，更不能喧賓奪主的排斥正常文藝的作用。不要誤信什麼「為人生而藝術」「為藝術而藝術」的兩分法，這是晚近的人硬製造出的一種衡量的標準。所謂「為藝術而藝術」原是指十九世紀末的頹廢派的主張而言；所謂「為人生而藝術」則文學史上根本沒有這麼一個說法。凡是文學都與人生有關。沒有人生還談什麼文學？不過人生範圍很廣，除了政治經濟等要素之外還有別的美好的境界。《新月》沒有偏執，沒有「為藝術而藝術」的傾向，同時也不贊同以文學為政治宣傳工具的說法。

談文學，一切主義俱屬空談。重要的是作品。《新月》刊載的作品，沒有震世駭俗的新鮮花樣。散文以明白清楚為基本要求，進而求其雅健豐贍，但不主所謂歐化；詩則在繼續摸索，企求形式的建立。論者常謂《新月》的新詩代表一派或一階段。當然，像「我不要兒子，兒子自己來了」，或「早起第一件大事是如廁」那樣的白話詩早已過去，不過新詩的形式依然尚未形成，直到如今依然沒有建立。徐志摩聞一多的詩，據我看，那種模式尚不能算是成功，可是如今有些作品模仿西洋詩尤其所謂「現代詩」，則頗令人難以捉摸了。依我的愚見，新詩必須與舊詩搭上線才能有發展。

《新月》的人物現已凋零幾盡，胡適先生逝世已二十五年，徐志摩逝世已五十二年，聞一多逝世已四十一年。像這三位，以及其他諸人，在我的眼光裏都是一時勝流，而今成了歷史人物。

丘：您編過《新月》月刊，也主編過重慶《中央日報》副刊。一個是文藝雜誌，一個是報紙副刊，您的編輯方針及內容走向有什麼分別？而與今日的文學雜誌與報紙副刊比較，能不能敘述一下您的經驗與感觸？

梁：我有過一點編輯經驗。我編過《清華週刊》、《大江季刊》，上海《時事新報》的「青光」，天津《益世報》的「星期小品」，北平的《自由評論》，北平《世界日報》的文藝副刊，重慶《中央日報》副刊，以及《新月》月刊。都不甚長久，無善可述。從前的編輯大概都是唱獨腳戲，稿件收集好便交給印刷的領班，頂多口頭交代幾句，或是畫一個簡單的版面圖，有時候連校對都不必管、校樣也無須看。如今時代進步，有些報紙副刊編輯部動輒有十人八人分工合作，情況完全不同了。

但有一事我想歷來編輯莫不引以為苦，好稿不易得。何為好稿，固由編者主觀衡量，然亦自有能邀公認的標準在。在數量上，稿件似不虞缺乏，在品質上，能膺上選者不多，於是主編的人有時就需要「拉稿」。拉稿比拉夫難，其中甘苦，當過編輯的人都知道的。

比拉稿更苦的是把拉來的稿再退回去。我有一次主編一個學術刊物，我有向同僚們請求寫稿的義務。有一位夙來脾氣大，動不動就大發雷霆，平日大家都遠避之，沒想到他居然寫了一篇稿來，從任何一方面講也不能用。我窘，但是我有了決定。約他來面談，逕告所以，當面璧還其大作。我準備面臨一個火爆的場面。不料他一言未發，鐵青了面孔，拿起稿件掉頭而去，走到門口轉身說了一句「謝謝指教！」至今我覺得歉然，但對他頗有敬意。

丘：您曾花了三十年時間翻譯莎士比亞全集四十冊。您究竟從何時開始翻譯工作？一開始翻譯工作就是譯莎氏作品？您覺得翻譯最重要的注意點是什麼？您譯莎氏作品有沒有遇到困難？如何解決？是什麼力量支持您持之以恆的譯畢莎氏作品？

梁：又是莎士比亞！我已聲明和他絕交了。

我花了三十年的功夫譯他，是斷斷續續的，中間隔了兩場喪亂，東奔西走，席不暇暖。到了臺灣之後，生活比較安定，才得努力進行以竟全功。在翻譯莎氏之前我已經譯了幾本書，像最近重印的《阿伯拉與哀綠綺思的情書》、《潘彼得》、《織工馬南傳》皆是。還有一本《西塞羅文錄》是從拉丁文翻譯的。這時期我翻譯沒有標準和計畫，只是揀自己喜歡的東西譯。幸而胡適之先生提議翻譯莎氏全集，使我有了翻譯的方向，又偶因當初計議合力翻譯的徐志摩、聞一多、葉公超、陳西瀅四位臨陣退出，遂使全集翻譯的工作落在我一人頭上。

我翻譯中首要注意之事是忠於原文，雖不能逐字翻譯，至少盡可能逐句翻譯，絕不刪略原文如某些時人之所為。同時還盡可能保留莎氏的標點。莎氏標點法自成體系，為了適應舞臺對話之需要，略異於普通標點法。這一點我不知道讀者們體會到沒有。開始翻譯時，我想不加注解而能使讀者明瞭譯文。譯了幾本之後胡適先生要求我加注解。我就補加了。所以最初譯的四五本注解較少，以後越加越多，前後並不一致。譯本加注並非難事，莎劇原文的版本很多都是有注解的，注得很詳盡，像《新集注本》尤其豐富。有許多注解都是關涉到原文之版本考證，並不一定有助於讀者對於譯本的了解。所以我加注解是有選擇的，並不以多取勝。但是已有人指我的譯本是學院式的了。

翻譯過程中當然遭遇困難不少。在國內參考資料難求。困居四川的時候，聽說《新集注本》的《亨利四世下篇》出版，我急於取得一讀，適有兩位親友先後獲得到美國去的機會，我乃千請求萬囑咐的託他代購此書，想不到二公歸來送給我好多好多洋貨，而無一語道及買書之事，使我嗒然若失！來到臺灣之後，美國新聞處圖書館主任某女士服務態度絕佳，曾問我有何可以效勞之處，我說我要書，她大喜，她說這正是她的職責。於是我開了一個書單，都是近年美國出版有關莎氏的著作，莎氏研究中心早已由英國轉到美國了。等了一陣之後，她面告我：「很對不起，你的書單被駁了，因為莎士比亞是英國人，希望你另提一個有關美國作家的書單。」我倒抽一口涼氣，美國政府人員的知識、風度，原來如此！從此我不再求人幫助我尋求參考資料。我靠我自己。

譯事中的困難真是一言難盡。要譯，先要懂原文。莎氏的文字是十六世紀的，不是現代的英文，這就要隨時提高警覺，否則就要墮入陷阱，譯得似是而非。有人說：「最好的翻譯就是讀起來不像翻譯。」這是外行話，翻譯，怎能讀起來不像翻譯？試看唐朝幾位大師翻譯的佛經，像不像是翻譯？我知道，莎氏戲劇是為在臺上演出而編寫的，其文字是雅俗共賞的，時而雅馴，時而粗野，譯成中文也需要適如其分。而中英文差別如此之大，句法字法常常迴不相同，如何才能譯得近於銖兩悉稱，只好說是「戲法人人會變」了。

莎氏劇中多雙關語，事屬文字遊戲，沒有多少意義，而當時莎氏觀眾偏愛此道。這在翻譯上也是一個難題，偶然可以勉強用中文表達，但絕大多數只能在注解中加以說明。莎氏觀眾也頗欣賞猥褻語，我們中國劇院觀眾也有同好，本來「性」是人人都感興味的事。我遇到這種地方，照直翻譯，我要保持莎氏原貌。

莎氏作品卷帙浩繁，給人困惑，且三十七部戲並非全是傑作，譯者須有耐性。我之所以能竟全功，蓋得三個力量的支持：第一是胡適之先生的倡導。他說俟全部譯完他將為我舉行盛大酒會以為慶祝。可惜的是譯未完而先生遽歸道山。第二是我父親的期許。抗戰勝利後我回北平，有一天父親拄著拐杖走到我的書房，問我莎劇譯成多少，我很慚愧這八年中繳了白卷，父親勉勵我說：「無論如何要譯完它。」我聞命，不敢忘。最後但非最小的支持來自我的故妻程季淑，若非她四十多年和我安貧守素，我不可能順利完成此一工作。

我自己是個疏懶的人，嬉戲浪費的時間太多。我一直想譯伊利奧特的小說全集，未能如願，至今引以為憾。

丘：您曾說翻譯最難是詩，其次是散文，再者是小說，而後是戲劇，請詳述之。

梁：翻譯不是容易事，因為兩種文字（尤其是像中文與西文這樣不同的文字）文法不同，句法不同，字法不同，而要譯得既不失原意，又能琅琅上口，豈不是很難？譯詩最難。因為詩的文字最精練，經過千錘百鍊，幾度推敲，要確切，要典雅，又要含蓄，又要有韻致，又要有節奏，又要有形式。條件實在太多。美國現代詩人保羅・安格耳先生（聶華苓的先生）有一次對我說：「翻譯詩而要保存原詩的韻腳，乃人類自殺原因之一。」蓋極形容譯者之困窘。然這只是就韻腳一端而言。像米爾頓的《失樂園》，原是無韻詩的體裁，他是故意避去韻語體裁而不用的，因為長篇史詩不宜於用韻腳。而無韻詩這個體裁之成立則正是源於荷馬史詩之英譯。米爾頓的史詩雖無韻腳而很難譯。傅東華先生譯的半部《失樂園》，捨無韻體而不用，偏偏用近似鼓詞的體裁，真是自討苦吃！而且也失掉了原詩的風味。詩之難譯的程度視原詩本身的成色而定。像〈古舟子詠〉（應作〈老水手之歌〉）、〈癡漢騎馬歌〉之類屬於歌謠體，文字本來淺顯通俗，譯起來當然得心應手，一如辜鴻銘之所表現。可惜辜先生沒有譯些比較嚴謹而艱深的英文詩作。

中國詩之譯成英文者亦不在少，亞瑟・魏萊先生是其中翹楚。他的譯品，無論是七言、五言、古詩、近體，一律是英文散文，雖然分行寫，仍然是散文，不能保持原文的形式，至於能保持幾分原詩的韻味，就更難說。如能大致不失原意就算是相當成功。魏萊的譯作如此，其他譯家亦無不皆然。中詩譯英文，比英詩譯中文，更難。

翻譯散文應該是較易，但亦不能一概而論。米爾頓的散文，我曾試譯，一看那些糾纏的長句，就望而生畏。就是號稱「親切」的蘭姆《伊利亞隨筆》，那份引經據典如數家珍的文筆，也頗令人難於應付。和詩一樣，散文也有不同的成色。至於像魯迅先生所倡導的「硬譯」，生吞活剝的把西文的句法硬變成中文，其事不難，但是譯出來不是中文了，誰看得懂？

譯小說戲劇，問題較少。因為小說本是為大眾看的，文字當然比較通俗易解，戲劇是為在臺上演出，聽眾雜遝，戲詞全為對話，自然要明白清楚。不過要譯得精緻，也大費周章。

丘：您還說過，翻譯書名是最頭痛的事，為什麼？

梁：譯書名，須先讀其書，然後才能知道書名的意義，否則望文生義，可能導致極大的錯誤。例如一部小說，以其中的一個人名做為書名，這原是常有的事，如果譯者不察，硬把人名當做了普通名詞，豈非笑話？

莎士比亞的《朱利阿斯．西撒》，譯音便是，不知從何時起有人譯為「凱撒大帝」。在英美舞臺上，在課室裏，從來沒有人把「西撒」讀做「凱撒」的。在歷史上，也從來沒有人稱西撒為「大帝」的。這樣的譯法，以訛傳訛，流傳至今。英詩人科律芝的名詩 *Ancient Mariner* 經辜鴻銘先生譯為〈古舟子詠〉，迄無人提出異議，殊不知 ancient 一字本有二義，一為古，一為老。mariner 一字本是海上水手之義，不是一葉扁舟上划槳搖櫓的船夫。我以為譯作〈老水手之歌〉較洽。不過我也承認，古舟子詠四字比較雅些。

翻譯中令人頭痛的事不僅是書名。英文中的 brother、sister、cousin、uncle 等字涵義不一，譯來頗費斟酌。我就犯過錯誤，誤把拜倫亂倫通姦的同父異母之姊當做其妹，經人指點改正。莎氏歷史劇中王室人物關係錯綜，非勤查譜系即難免有誤。翻譯一道，談何容易！

丘：您曾告訴我，您有一個習慣，讀書就是讀第一流的書。所以英文您選擇了莎士比亞、中文您選擇了杜詩。您有一本仇兆鰲的《杜詩詳註》跟了您五十年，都翻爛了。而當年您也曾花了兩年多時間在北平收集了六十多種版本的杜詩，後來在文化大革命時全消滅了。為什麼如此偏愛杜詩？能否談一談？

梁：我想大家都會同意，喝茶要喝好茶，飲酒要飲好酒，為什麼讀書不讀第一流的作品呢？我不喜湊熱鬧趕時髦，對所謂暢銷書或什麼世界性的文藝獎不太感興趣。其中固多佳構，有時亦不免敗筆。西洋批評家「試金石學說」還是可行的，以五十年為期，經過五十年時間淘汰而仍不失其閱讀價值者斯為佳作。文學史上有好作品被埋沒，過若干年始被發現的例子，究竟是少數，絕大多數作品都被時間淘汰掉了。「非秦漢以上書不敢讀」未免陳義過高，讀長久被公認為第一流的作品，總是最穩當的事。

我譯莎翁劇，不是由於我的選擇，是由於胡適之先生的倡導正合於我讀第一流書的主張，我才接受了這個挑戰。至於研讀杜甫則是我自己的選擇。

最初我看到聞一多寫的〈杜甫傳〉（發表於《新月》，未完），後又看到他寫的〈杜少陵詩會箋〉（發表於武漢大學《文哲季刊》），我對杜詩乃發生了興趣。我心想杜甫號稱「詩聖」，「屈指詩人，工部全美，筆追清風，心奪造化。」（韓愈語）我們喜歡詩的人若是不對工部加以鑽研，豈非探龍頷而遺驪珠？所以我早就萌生讀杜的心願。真正開始是在抗戰勝利之後。民國二十五年五月二十五日遊北平東安市場，在書攤廉價購得仇兆鰲著《杜少陵集詳註》，是商務國學基本叢書本，雖然紙張麤劣校讎未精，較早先之木刻本遠遜，但有標點，取攜便利，隨我身邊已有五十年。

我收集杜詩版本並不算多，在北平收集舊書相當方便，琉璃廠和隆福寺街的舊書鋪老闆對目錄學是很精的，知我好杜詩，便不斷的將書送來。同時我購到洪煨蓮教授主編的《杜詩引得》（哈佛燕京學社出版），內有長序一篇，按圖索驥給我幫助不少。但限於貲力，不能從心所欲。猶憶海王村有一書肆，我偶然看到一部麻沙本杜詩，索價並不甚昂，但非窮書生所能措置，往復摩挲不能釋手。店主允減價出售，我仍無能為力，最後應店主之請作一跋文黏於卷末，聊誌因緣。聞北京大學的徐祖正教授蒐求杜詩資料達二三百種，戎馬倥偬，未暇拜觀，至今引以為憾。

杜詩一千三百四十九首，我圈點了一遍。其中難解之處不少。歷代注解，率多在「無一字無來歷」說法影響之下，致力於說明某字某詞見於何書，對於詩句之意義常不措意。仇注、錢注、朱注、九家注、千家注，莫不皆然。我認為這是一大缺點。中國字詞只有這麼多，詩人使用字詞與古人雷同，未必即是依傍古人。縱然是依傍古人，庸又何傷？指出其雷同之處，又有何益。我讀杜詩，初步重在理解。曾寫〈讀杜記疑〉一文（見《梁實秋札記》），後又加若干條，提出難解之處就正於方家。此後仍將繼續發表我的疑點。

丘：您的《十三經注疏》是在廁所裏讀的，而《資治通鑑》您全加了圈點批注。能否談談您的讀書方法，供年輕的朋友參考？

梁：初到臺灣，舊書不易得，向友人借到一部石印《十三經注疏》，置於廁內，雖云不敬，但逐日流覽，稍得大意，亦獲益不淺。厥後對於經書始知仔細閱讀。在廁內看書，在枕上看書，是我的毛病，積習難除，不足為訓。

讀經是一件很重要的事。凡屬知識分子，無論專研哪一門學問，必須對經書有相當認識，因為這是中國文化傳統之最基本的部分。五四以後，有些人蔑視經書，亦有些人提倡復古，主張讀經，皆非事理之平。十三經是儒家的經典，自漢代始，包括《詩》、《書》、《易》、《禮》、《春秋》（是為五經），唐代以《周禮》、《禮記》、《儀禮》、《春秋》三傳，與《詩》、《書》、《易》合稱為九經，唐刻石經加入《孝經》、《爾雅》、《論語》，宋代又加入《孟子》，是為十三經。所謂經，只是一套古書，並不是什麼聖人垂教立言的經典。章學誠說「六經皆史」，不失為一個通達的看法。經不可不讀，但是我們要抱著批評的態度去讀。

很多人對著經書望而生畏，不是震於其文字之艱深，便是苦無閒暇去閱讀。《朱子語類》有云：「凡人謂以多事廢讀書，或曰氣質不如人者，皆是不責志而已。若有志時，那問他事多？那問他氣質不美？」人不讀書，只是懶而已矣。人而懶，則不可救藥。若說古書難讀，是亦不然。詰屈聱牙莫過於《尚書》，《尚書》的注解歷代不絕，如今更有今注今譯的本子，大致均可通曉。皓首窮經，非一般人之所能，略通經書大意則並非難事。

除經以外，史亦不可不讀。人皆以前四史為最重要，據我看前四史的文章好，世家列傳部分的文章最好。以言史，恐怕還是讀通史較有益。編年體的《資治通鑑》是比較好的一部史書，我曾圈點了一遍。此外子書亦不可不讀，尤其是老子、莊子道家一派，因為道家思想支配我們的民族性的養成，其影響力之大似不在儒家思想之下。佛教經典也不可不加涉獵，因為那是外來而加以中國化的一派哲學思想之依據，也是形成我們民族性的要素之一。一個道地的中國人大概就是儒道釋三教合流的產品。

講到讀書方法，我沒有什麼心得。只覺得讀書要早，切莫拖延。不湊熱鬧，不趕時髦，不浪費寶貴光陰。舊時讀古書用圈點法，是鞭策自己用功，不失為一種方法。

丘：您經過五四時代，那是個中西文化衝突影響後來中國新文學發展的時代。您自己是讀古書成長，後來到國外受西方思潮影響，回國來看到新文學白話文的發展至今天的變化。對於古文、白話文的閱讀與運用，能否提出您的意見？

梁：我不是「讀古書成長」的。我是讀教科書成長的，到了三十歲左右之後才發憤讀古書，下手太晚，根基不固，現在最多也只落得一知半解的地步。

中國語文是幾千年來一脈相傳的。隨時有變化，有時且有很大的變化，但是萬變不離其宗，中國字總是中國字，中國文總是中國文。除非廢掉漢字，改用拼音，中國文字總會保持其基本的形式。白話文運動的興起是很自然的，其來源有自，至五四而始蓬勃，其主旨是正確的，其作用在於拉近語言與文字之距離。

白話文是一籠統名詞，其中也有類別、等級、成色之分。最普通的白話文就是「口裏怎麼說，筆下就怎麼寫」的那種文字，一般報紙上的報導文章這樣寫，就是文學作品中也有不少是很近於「語體」的，尤其是小說，尤其是方言小說。這種白話文，讀起來省力，有時候也別有風味，但是一般而論不夠精緻，不夠雅健，有時候嫌太囉嗦。這種文字，其弊在於有白話而無文。現在似乎有不少人已有了解，白話歸白話，文歸文，要寫精緻一點的「白話文」須要借鏡「文言文」，從中學習中國文字之傳統的技巧。如果一個人不能寫出相當通順的文言文，他大概也不會寫出好的白話文。

文白夾雜，很多人引以為病。其實這是自然發展。白話文運動初期，排斥文言文，以為文言是死文字，視用典為遊戲，這種熱狂是可以理解的，現在熱狂消歇，文言文的好處又漸為人所賞識。文言文的詞藻用典未嘗不可融化在白話文裏。我們談話本來也應該求其文雅簡練，何況寫成為文字？所以我看文白夾雜不足為病，只要不是餖飣成篇故炫淵博。

中文而歐化，是值得研討的問題。魯迅的文字就時常有生硬歐化的痕跡，例如「我決心和貓們為敵」「狗們在大道上配合」「上海有各國的人們」「這些眼睛們」，其中的「們」字表示複數，但在中文裏實無此必要。西文句中多子句，形容詞子句或副詞子句等，按照中文文法，子句並不明顯的標示，若是按照西文的文法而亦標明其為子句，或是將子句納入主句之中，則冗長累贅，往往不能令人卒讀。不高明的翻譯（如硬譯）助長這種歐化的趨勢。

新字或新詞有時有使用的必要，但是也要審慎。太俚俗的固不足取，浮濫的新名詞往往徒亂人意。常見有些文字，滿紙「架構」「取向」「層次」「認同」「落實」「回饋」……我感覺不像是純正的中文，像是翻譯。

丘：作為一位散文家，您寫散文得益於什麼？在寫散文中您的樂趣是什麼？勸人把散文寫好，應注意些什麼？

梁：我在學校讀英文的修辭學，老師教我如何作文。有了題目，想想說什麼，分成幾個段落，每一節須有一個主題句，據以作成一個大綱，然後開始寫。這方法雖稍嫌呆板，然於整理思路控制格局確有效益。無論是議論文、敘事文、描寫文、抒情文，照這方法去寫，必定大致不差。這方法可以應用於中文的寫作。我以後作文，雖未必墨守這個成規，但從不率爾操觚。昔人所謂「腹稿」，事實上還是先有一番精思。

蘇東坡有幾句話，頗為大家所豔稱，他說：「（作文）如行雲流水，初無定質，但常行於所當行，常止於所不可不止，文理自然，姿態橫生。」才人高致，非常人所能企及。徐志摩為文，嘗自謂「如跑野馬」，屬於「下筆不能自休」一類，雖然才情橫溢，究非文章正格。

我在學校上國文課，老師教我們讀古文，大部分選自《古文觀止》《古文釋義》，講解之後要我們背誦默寫。這教學法好像很笨，但無形中使我們認識了中文文法的要義，體會了攄詞練句的奧妙。他也偶然選一篇報紙上的社論要我們看，告訴我們白話文也有高明之作。有一陣子每個星期或每兩星期，我們要繳一篇作文，有一位老師改國文卷的方式最特別，他很少改筆，他大幅度的刪削，大塗大抹，把千把字的文章縮成百把字的短文，他說這叫做「割愛」。我悟出了一點道理，作文要少說廢話。短的文章未必好，壞的文章一定長。

丘：在所有文學創作的文類之中，為什麼您選擇了散文這個文類？能不能談談您對年輕一代散文作家作品的看法？

梁：我寫散文，不是有意選擇。我最初嘗試的創作是新詩，年輕人情感熾盛，所謂多愁善感是人所難免的。寫詩是最順理成章的抒情方式。那時正值白話詩盛行，白話就可以成詩，方便不過。寫一首白話情詩，寄給意中人，是無與倫比的心理滿足。但是讀了一些中外的詩篇之後，漸漸覺得詩不能專靠一股情感，還要有思想、有意境、有技巧。詩有別才，勉強不得。於是我到了適當的時候就不再寫詩，不寫詩就只好寫散文，別無選擇。

小說與戲劇皆吾所好，二者均需要一種「構造美」（architectonic beauty），我自己知道，如果有所創作，我或可努力試作點的深入，或線的延長，但是缺乏立體建築的力量，因此對此二類型未敢輕易嘗試。因此我只好寫散文，雖然寫好散文亦非易事。我寫了幾十年，仍然難得寫好。

年輕一代散文作家輩出，有些位特別傑出，或敘事狀物逸趣橫生，或寫身邊瑣事溫馨細膩，或委婉多諷談言微中，或清新雋永娓娓動人，或剖析哲理發人深省，或語涉玄妙富有禪機……各極其妍，不勝列舉。總之，現在年輕一代，比起上一代，或更上一代，都有進步。

丘：您花了七年的時間寫作英國文學史。為什麼選擇寫作英國文學史？在寫前您做些什麼樣的準備？寫作中遇到過困難嗎？如何解決？

梁：我六十五歲時依法退休，結束我四十年教書的生涯，回顧過去實在沒有成績可說，只有一些筆記講稿亂七八糟一大堆，都是有關英國文學方面的。有心加以整理，一時騰不出工夫，因為我正忙著譯莎士比亞。全集譯完出版，了卻一樁大事，立刻著手整理舊稿，決計編寫一部英國文學史，作為我四十年教書的紀念，並未存心「嘉惠後學」。編寫中遭鼓盆之痛，所受打擊甚大，工作為之暫停。尋思解憂之道莫善於努力工作，乃集中力量於此書之編寫，前後耗時七載有餘，卒於民國六十八年完成，七十四年出版。遲遲出版的原因是篇幅太多（文學史一九二九頁，文學選二六二三頁，共四千五百五十二頁），不易覓得適當的出版者，最後得林挺生先生之助交由協志工業叢書出版公司出版。

寫作中的困難不一而足。英國文學史雖然只有八九百年，但內容十分豐富，通常分為三大段，古英文時期，中古英文時期，近代英文時期，這是以文字性質來區分的。我對古英文所知甚少，不能不藉助於現代英文的翻譯，因此古英文時期的文學在我編的文學史裏所佔篇幅很少。多少年來我懷著一個希望，盼能鳩合一班同事分別擔任一個時代的文學之研究並講授，進一步合力編寫一部英國文學史，但是均未成功。我獨力擔任此一工作，實非得已。

史以人物為主，人以作品為主。而引錄作品不能佔據篇幅過多以致妨礙正文，故決定另編一部《英國文學選》作為姊妹篇，供讀者參考。長篇巨制無法容納，有些篇章且難於迻譯，更有許多作品應譯而未譯，實為缺憾。

文學史寫到十九世紀末，文學選離適可而止的地步尚遠，然而我已筋疲力竭。

丘：您為遠東圖書公司編了一本英漢字典，直到現在學生們仍使用。當時為什麼會編這樣一本字典？能否談談編英漢字典的甘苦？

梁：編字典是苦事，其中也有樂趣，但不多，代價太大。是真正的「稻粱謀」，英文所謂 grub street。有一些事，有能的人不肯做，無能的人做不好。編字典大概屬於此類。從三十八年起，到如今近四十年，我一直擺脫不了字典的糾纏。有人說，這是「燃燒自己，照亮他人」的工作，究竟真能照亮了多少人我不知道（字典銷行的數量是商業的機密），自己卻是燒得焦頭爛額了。時間耗去太多，目力受損不少。

開始編字典是於三十八年給世界書局的《四用字典》做一補編。是我從來沒嘗試過的工作，還覺得滿新鮮有趣的，一切摸索著進行，因為要求的範圍不大，半年就竣事了，參加工作者連我一共三人。稿子交出之後，就像賣出去的貨物，至今尚未見到增補的《四用字典》是什麼樣子。

四十二年夏遠東圖書公司邀約編一中學適用的英漢字典，這是我正式主編一部字典的開始。連我自己在內一共五人通力合作，於十個月內做完。雖內容甚簡，僅收單字一萬有奇，但是從中獲得經驗。厥後不斷從事擴充，《最新實用英漢字典》由收字四萬左右，增至八萬，再增至十六萬餘，民國六十年完稿，六十四年出版，我艱苦的主編工作至此告一段落。主編的責任包括策畫，邀聘合作人員，逐月開會檢討，蒐集參考資料，審閱初稿增改內容，最後校閱全部清樣。清樣有兩千四百多頁，全是密密麻麻的小字。

主編字典的人好像還要負責「售後服務」責任。讀者在字典裏找不到他所要找的字，要來信質問、批評、建議。任何字典都不能包羅萬象鉅細靡遺。但是凡有指教，能接受者無不接受，而且專函奉覆。一般的字典廣告喜歡誇大其詞，動輒曰收入新字最多。吸收新字固然要緊，然而談何容易。理想中的出版業者應該有個健全的編輯部，如果出版字典，便該有人專門經常負責收集資料，資料是要從各種出版物中覓取的，不是臨時現抓的。我們的出版業者現在似尚不足以語此。出版事業是文化事業，現在似嫌商業性質太濃而文化氣味太薄。字典的出版家注意的是銷路，編輯人追求者是內容的不斷精進，其間有一點距離。

我主編了英漢辭典之後，又編有《漢英辭典》及《英文成語辭典》，由於體力的關係此後不能繼續在這方面努力了。

丘：您年輕時可以一次吃十二個饅頭，或是一次三大碗炸醬麵。您寫了本《雅舍談吃》，近年您因為糖尿，吃受了限制，能否談談您心中「吃的文化」？

梁：在清華高等科四年級時，上第四堂課便常餓得腹內雷鳴，要用雙手按著胃部以免擾人。一下課奔到飯廳，曾經一口氣吃十二個饅頭，很鬆軟的饅頭。好羨慕長頸鹿，食物慢慢的從頸部嚥下去一定很舒服。如今休提當年勇，廉頗不復能健飯矣。

填飽肚子是一件事，品味又是一件事。有錢，有閒，固然講究吃，各地方的平民父老也儘多知味的人。我們中國幅員大，各地口味不同，此中國烹飪之所以為偉大。現在大陸上吃的文化已經淪亡，在臺灣亦幾近於澌盡。我常涉足的餐館，幾乎都是一窩蜂的加味精，加糖，加太白粉。夠標準的醋溜魚、回鍋肉、辣子雞，好像已成廣陵散。想吃像樣的包子都不容易如願。有人在包子餡內加鹹鴨蛋黃，加辣椒！烹飪之術講究師傅，一個師傅門下的徒弟多人，不見得各個都能得到衣鉢真傳，要看各人的天分。烹飪可以出新招，不可出怪招。

我覺得我們該有一個像法國的《米舍蘭嚮導》（編案：即《米其林指南》）那樣客觀批評的刊物，也許可以多少挽救我們日趨衰微的吃的文化。

丘：您年輕時很喜歡政治，在兩個報紙寫社論。您在二十幾歲就反共，為什麼？後來您又絕口不談政治，為什麼？

梁：個人之事曰倫理，眾人之事曰政治。人處群中，焉能不問政治？故人為政治動物。不過政治與做官不同，政治是學問，做官是職業。對於政治，我有興趣，喜歡議論。我嚮往民主，可是不喜歡群眾暴行；我崇拜英雄，可是不喜歡專制獨裁；我酷愛自由，可是不喜歡違法亂紀。至於做官，自慚不是那種材料。要我為官，大概用不了一年，我會急死，我會悶死，我會氣死。所以我雖不能忘情政治，也只是偶然寫寫文章，撰些社論而已。迨抗戰軍興，須要舉國一致外禦其侮，誰還有心情批評政事？好不容易抗戰勝利結束，大亂又起，避地海曲，萬念俱灰。無補大局，寧願三緘其口。

我早年思想即偏向於保守。就讀哈佛大學時，讀穆爾教授（P.E. More）一部論文集*Aristocracy and Justice*，深佩其卓識。民國十八年我就譯了此書中的一篇〈資產與法律〉，發表於《新月》的某一期上（現收在皇冠出版的《雅舍譯叢》）。我那時即已認定私有財產是文明的基礎，反對財產私有即是反抗文明。此一基本認識迄今未變。

丘：中國文人除了授業解惑，著書立說之外，在生活上常以書法、畫畫來消遣。您年輕時畫過梅，後來也一直寫書法，另外您也聽戲，也下圍棋。能否談談您為什麼畫梅，後來又不畫了？在圍棋中您又有什麼心得？寫書法有什麼訣竅？又能否說說您看戲聽戲的經驗？

梁：書法，年輕時臨過兩年碑帖，此後一直未下功夫，如何能寫得好？作為一個中國文人，應該能用毛筆寫字。我寫稿用墨水筆「原子筆」，只有在應邀揮毫時才搬出文房四寶，所以我的字無足觀。連橫平豎直都沒有做到還說什麼書法？

畫，從小喜歡塗兩筆，《芥子園畫譜》是我的啟蒙師，珂羅版印的《金冬心畫梅小冊》引導我發生了圈圈點點畫墨梅的興致，但是依貓畫虎，自己沒有創作力。及長，也就把畫事擱下了。至於如今再也提不起畫筆來。

聽戲，這是北京長大的孩子最普通的嗜好。我趕上了平劇盛期的末尾，聽過孫菊仙、陳德霖、楊小樓、劉鴻聲、德珺如、龔雲甫、裘桂仙，以及梅蘭芳等名角，譚鑫培只聽過一次，當時年太小，沒有印象。我記得小時候跟父親在致美齋厚德福吃午飯，由小夥計到三慶、文明、同樂去佔座位，兩點以後再去聽戲，飯館隨後就送來水果點心茶食之類，開懷大吃。可是戲院環境我不喜歡，又擠又髒又亂。自從進了清華遠在郊外，遂與聽戲幾乎絕緣。平劇的妙處在於唱與做，尤其在唱，所以說聽戲，海派才說看戲。有什麼樣的觀眾才能有什麼樣的戲。現在觀眾變了，懂戲的人少了，愛聽戲的人也少了，平劇焉得不式微？我在臺灣很少聽戲，先是聽過幾次顧正秋的戲，後又看了朱陸豪的武戲，都得到很大的快樂。

圍棋，我也喜歡。此事有賴天才，且宜從小下手。我自知無此才能，故亦不深嗜，但對於名家棋賽的消息仍感興趣。

丘：您的夫人韓菁清女士喜歡養貓。您為了貓喜食鮮魚，每日為貓到市場買鮮魚。晚上貓枕著您的腿睡著了，您腿痲也不忍心移動一下。能否談談您對寵物是持什麼樣的感情？

梁：我家的白貓王子今年九歲了，牠老早在我心目中是我家中的一員，不僅是寵物。資深的寵物到時候自然會升等。我如今不僅喜愛牠，還尊重牠。牠要臥在哪裏，就由牠臥在哪裏。不勉強牠過來偎偎抱抱。我尊重牠的行動自由。有時候牠竄上書桌，不偏不倚的趴在我的稿紙上，呼呼大睡，我也由牠，我趁此休息也好。冬夜牠喜歡鑽進我的被窩，先是蜷伏腳下，繼而漸漸上竄，終乃和我共枕而眠。

你若問我為什麼愛貓，我也說不出道理。大抵嬌小玲瓏的動物都可愛。貓若是大得像一隻老虎，我就不想摸牠。貓一身的溫柔滑潤的毛，或長或短，摸上去非常舒服。有人養天竺鼠，有人養小烏龜，各有所好。

本來由我給貓買魚，後來菁清看我不勝負荷，這份差事由她攬過去了。給三隻貓刷洗清潔餵藥都是菁清的事，她甘之如飴，若沒有她獨任艱巨，我不可能養貓。

丘：好了，最後我們想請教，您對已過去的八十五年有無遺憾，現在您最希望的事是什麼？

梁：人生焉得沒有遺憾的事？按照「不如意事常八九」的說法，遺憾的事情可就多了。我不那樣悲觀。

我認為遺憾的事大概不出幾類：

一、應該讀的書沒有讀，應該做的事沒有做，歲月空度，悔已無及。

二、有機會可以更加親近的大德彥俊，失之交臂，轉瞬間已作古人。

三、對我有恩有情有助的人，我未能盡力報答，深覺有愧於心。

四、可以有幸去遊的名山大川而未遊，年事蹉跎，已無濟勝之資。

五、陸放翁「但悲不見九州同」，我亦有同感。

如今我最希望的事只有一件：國泰民安，家人團聚。

白貓王子九歲

有人問我為什麼喜愛貓，我一時答不上來。我們喜愛一件事物，往往不是先有一套理由，然後去愛，即使不是沒有理由，也往往是不自覺其理由之所在。不過經人問起，就不免要想出一些理由來支持自己的行為。總不能以「本能」二字來推託得一乾二淨。

我是愛貓，凡是小動物大抵都可愛。小就可愛。小鳥依人，自然楚楚可憐，「一飛沖天鳴則驚人」的大鳥，令人歎賞，並不可愛。贏得無數兒童喜愛的大象林旺，恐怕誰也不想領牠回家朝夕與共。小也有小的限度，如果一個小得像趙飛燕之能作掌上飛，那個掌恐怕也不是尋常的掌。不過一般而論，嬌小玲瓏總勝似高頭大馬。貓，體態輕盈，不大不小，不像一隻白象，也不像一隻老鼠，牠可以和人共處一室之內，牠可以睡在椅上，趴在桌上，偎在人的懷裏，枕在人的腿上。你可以抱牠，摸牠、搔牠、拍牠；牠不咬人，也不叫喚，只是喉嚨裏嗚嚕嗚嚕的作響。叫春的聲音是不太好聽，究竟是有季節性的，並不一年到頭隨時隨刻的「關關雎鳩」。貓有一身溫柔澤潤的毛，像是不分寒暑永遠披在身上的一件皮袍，摸上去又軟又滑，就像摸什麼人身上穿的一件貂裘似的。

白貓王子初來我家，身不盈尺，慄慄危懼，趴在沙發底下不敢出來，如今長得大腹便便，夷然自若，周旋於賓客之間。時間過得真快，貓猶如此，人何以堪？牠現在是有一點老態。據我看，牠的健身運動除了睡醒弓身作駱駝狀之外就是認定沙發的幾個角柱狠命的抓撓，磨牠的爪子，日久天長把沙發套抓得稀巴爛，把裏面的沙發面也抓得稀巴爛，露出了裏面裝的敗絮之類。不捉老鼠，磨爪做啥？也許這就是牠的運動。有的人家知道貓的本性難移，索性在牠磨礪以須的地方掛上一塊皮子。我家沒有此項裝備，由牠去抓。貓一生能抓破幾套沙發？

日本人好像很愛貓，去年一部電影《子貓物語》掀起一陣愛貓風潮之後，銀座一家百貨公司舉行「世界貓展」。不消說，埃及貓、南美貓、波斯貓、日本貓全登場了。最有趣的是，不知是過度的自尊感還是自卑感在作祟，硬把日本貓推為第一，並且名之為「日本第一」。我看牠的那副尊容，長毛大眼，短腿小耳，怕不是什麼純種。不過我也承認那隻貓確是很好看。白貓王子不以色事人，我也不會要牠拋頭露面的參加展覽。牠只是一隻道道地地的臺灣土貓。老早有人批評，說牠頭太小，體太大，不成比例。我也承認牠沒有什麼三圍可誇。牠沒有波斯貓的毛長，也沒有泰貓的毛細。但是牠伴我這樣久，我愛牠，雖世界第一的名貓不易也。

今天是白貓王子九歲生日，循例為文祝牠長壽。

——民國七十六年三月三十日

《潘彼得》重版後記

《潘彼得》是我六十年前的舊譯，早已絕版。新版重印，略述前後的經過。

民國十六年夏，我和葉公超在上海，進入暨南大學教書。公超任外文系主任兼圖書館長，大規模的買書。他就住在圖書館的樓梯旁一間小屋裏，床上桌上椅上到處都是新買來的書。我在上課過後經常到他室內翻看新書，有一天發現了一本*Peter Pan and Wendy*。我只知道《潘彼得》是劇本，不知道還有小說本的《潘彼得》。他說他也不知道，所以特意買來看看，我隨即把這本書借出帶回家。那一年我住在赫德路安慶坊。窗外電車不時的隆隆而過，震得床椅都微微顫動，可是我展開《潘彼得》閱讀，深受感動，聚精會神的讀下去，一連幾天竟忘了電車聲音的騷擾。我太喜歡這部小說，於是就譯了出來。把書譯一遍，比鈔一遍更能使人深入了解並且欣賞它。我譯這部小說，心情非常愉快。譯完之後，和公超談起這部小說之妙，公超自告奮勇，願稍事爬梳給我的譯本作一序文。這便是此序之由來。

十八年夏公超離開上海，到清華去教書，我亦於翌年離開上海，到青島去教書。葉序實作於清華，故序末有作「於藤荷西館」之語。所謂「藤荷西館」，乃清華園內工字廳之一院落，背有荷花池，前有紫藤架，故名。公超和吳宓先生一度在此同居，各據一室。「藤荷西館」有梁任公先生的題額，疑是吳宓先生所命名。我曾造訪一次，其地確甚幽雅。

《潘彼得》在新月書店出版後，某月日上海北四川路一小劇院（好像是 Odeon 劇院，或 Empire 劇院）上演英文原劇《潘彼得》，我欣然往。觀眾爆滿，泰半是十歲左右的兒童，中外皆有。第一幕演出彼得和文黛、約翰、邁克爾三個孩子在室內起飛，輕靈曼妙的在空中盤旋數匝，然後穿窗而去，明知那是舞臺的特技，利用鋼絲和燈光幻成飛人的景象，但是不能不令人歎賞叫絕。果然，觀眾的主體孩子們紛紛起立鼓掌，銳聲大叫，歡喜若狂。臺上臺下打成一片。我廁身其間，渾然忘記自己已經不是一個孩子，好像我又回到天真無邪的兒童世界裏去了。

其後幾幕，如永無鄉的小屋，如紅人與海盜的大戰，也都引人入勝。孩子們哪有不想飛的，哪有不想到荒漠野外去探險的，哪有不盼著拿槍弄棒和壞人打鬥一場的？我看完了這場戲回家，一路上心裏縈念的是潘彼得，好幾天不能忘的景象是潘彼得。那時候我不滿三十歲，已經深深感到青春不再的哀傷。潘彼得曾對著海盜胡克說：「我是青春，我是永恆！」然而，潘彼得，你離我越來越遠了！

《潘彼得》印行以後，有多少人喜歡看，我不知道。幾十年來我過的大半是喪亂流離的日子，受過不少悲歡離合的衝擊，早已忘記了這部絕版的舊譯。承九歌出版社的蔡文甫先生的厚愛，將這舊譯重版，我在校閱清樣之餘，不禁感慨系之。文黛已是皤然老嫗，她的女兒名琴，琴又有女名瑪格萊特，瑪格萊特又有女叫什麼就不可考了。只有彼得永遠長不大。我呢，我有兒女，我的兒女又有兒女，兒女的兒女又有了兒女。有人說，也許離五世同堂不遠了；其實是青春把我拋得越來越遠，把我踢上了層樓。

《潘彼得》最後一句是：「孩子們總是歡樂的天真的沒有心腸的，這事總是這樣繼續下去。」確是如此，懂了世故就失去了天真，逝者如斯，無可奈何。校罷清樣，撫今追昔，愴然淚下。

大學校長

三月十六日美國的《新聞週刊》關於英國牛津大學校長的報導，很有趣。其說如下：

牛津大學校長是終身職，沒有薪給。他也不須要做多少事，只要偶然披戴起中古留傳下來的方帽長袍，用拉丁文發表一篇演說。任何人想謀求這個職位，不必做競選那一套把戲。前首相馬克米倫擔任這校長職達二十六年之久，去年十二月以九十二歲高齡逝世，他曾回憶說：「當年沒有選舉演說，沒有競選運動，沒有講演，沒有電視。」但是這職位有特殊的聲望，因為它已有七百多年的歷史。因此目前有三位英國政壇知名之士都想在本星期內選舉中做馬克米倫的繼任者，英國報界競相報導。

校長是經由選舉而產生的，不是官派的。凡是牛津大學出身擁有碩士學位者都有投票選舉權，大約為數四萬，實際參加選舉的恐不過十分之一。候選者本人雖不競選，其支持者則有代為奔走之事。現在校長出缺，有意繼任者三人，而且帶有政治意味，可視為現任首相柴契爾夫人聲望之測量器。一位候選人是她的勁敵，前首相希茲，乃保守黨中之自由派，柴契爾於一九七五年奪去其保守黨領袖之位置。另一位候選人詹金斯乃社會主義者之中間派，過去工黨政府中擔任過閣員，曾協助建立社會民主黨。和這二位齊頭並進競取此職者是布雷克爵士，著名的牛津歷史學者，和保守黨有密切的政治聯繫，被人視為「柴契爾的人」。

詹金斯一派人士稱他為「婦女界候選人」。他的擁護者包括朗福德夫人及其女佛雷塞，母女均為英國著名作家。布雷克的一位支持者斥私財三千圓作為致函各處牛津人勸導投票的郵資。有人說：「大學校長的位置不該作為失意政客的慰勞品。」

牛津大學第一位校長格羅塞臺斯特於一二二四年當選，厥後有一大串著名人士繼其職位，他們看了目前狀況恐怕不免一驚。他們當中包括克倫威爾，威靈吞公爵，維多利亞女王之夫阿爾伯特親王等。聖約翰斯提瓦斯，英國作家與政治家，是希茲最有力支持者之一，他說這番大學校長之爭不僅是個人資望之考驗。目前英國大學面臨政府補助銳減之際，牛津大學需要一位能設法抵抗吝嗇政府的人物，「這次選舉不會是英國的古怪習俗之又一次表演，」聖約翰斯提瓦斯說。「將是委任一位在國內外享有聲望且能保衛牛津劍橋一類偉大大學的人物。」牛津的下一位校長恐將有點事情要做了。

以上是《新聞週刊》倫敦的兩位訪員的報導。選舉結果如何，尚不知悉。

我們看了以上報導有何感想？

牛津大學是英國最古老的大學，創於一一六八年，由三十四個學院五個私人辦的講堂組成。每個學院獨立自主，早期以神學與人文學科著名，自從羅傑・培格加入，自然科學也受重視。目前學生在萬人以上。我們中國現在尚無這樣規模宏大歷史悠久的大學。

大學校長不由官方委派，而由校友中有碩士學位者選舉，由我們現在看來應該算是件新鮮事。大學校長而沒有薪給且為終身職，更是一件新鮮事。牛津大學校長雖不必做什麼事，偶然用拉丁文發表一篇演說，其事亦頗不簡單。現在有幾個人能說拉丁話？聽眾中有幾個人能聽得懂？大學校長所以肯做這樣的事，恐怕其用意不外是維持傳統。凡是傳統，如果沒有衍生出什麼害處，都不妨維持。學校而能培養出一個傳統，是很不容易的，要推翻一個傳統往往易如反掌。

一位理想的大學校長應該具備什麼條件，我想大家心裏有數，雖不必盡同，可能大致不差。不必年高，但是一定要德劭。要學有專長，但是也要見多識廣，氣度恢宏。要精明強幹，同時也要禮賢下士。要能廣籌經費，也要取之有道。……這樣說下去，我們心目中一位理想的大學校長簡直就是曾滌生所謂「有民胞物與之量，有內聖外王之業」的「天地之完人」。完人到哪裏去找？

六朝如夢

——記六十年前的南京

江雨霏霏江草齊，
六朝如夢鳥空啼，
無情最是臺城柳，
依舊煙籠十里堤。

這是唐末五代前蜀詩人韋莊的一首七言絕句〈金陵圖〉，詠的是一幅圖畫，有懷古感慨之意。金陵自古帝王洲，明成祖遷都北京，金陵始有南京之名。龍蟠虎踞，再加上六朝金粉，儼然江南文化重鎮，歷來文人雅士常有吟詠描述的篇章。韋莊的這一首是最著名的之一。

民國十五年秋，我在南京有半年的勾留，賃屋於東南大學大門對面的蓁巷。從海外歸來，初到南京，好像有忽然置身於中古時代之感。以面積論，南京比北京大。從下關進入市內，唯一的交通工具是破舊的敞篷馬車，路旁大部分是田疇草牧。南京的飲水要由挑夫或水車從下關取江水運到市內，江水是黃泥漿，家家都要備大水缸，用明礬澄清之後才能飲用。南京有電燈廠，電力不足，燈泡無光，只露絲絲紅線，街燈形同虛設，人人須備手電筒。至於廁所，則廁列蹲坑，不備長籌，室有馬桶，絕無香棗。每年至少產卵三次，每次至少產卵二百的臭蟲，溫熱帶地區無處無之，而「南京蟲」之名獨為天下所熟知，好像冤枉，不過親自領教之後亦知其非浪得虛名。

因韋莊詩說起臺城，我就先從臺城說起。臺城離我的學校和住處很近。一日午後課畢，偕友步行趨往。所謂臺城，本是臺省與宮殿所在之地的總稱，其故址在雞鳴山南乾河沿北。今習稱雞鳴寺北與明城牆相接的一段為臺城遺址，實乃附會。但是臺城太有名了，相傳梁武帝蕭衍於侯景之亂餓死於此。也有人說梁武帝並非餓死，實因老病於戰亂之中死去。所有這些歷史上的事實，後人不暇深考，雞鳴寺附近那一段城牆大家認為是臺城，我們也就無妨從眾了。那一段城牆有個頗為寬大而苔蘚叢生的墁磚的斜坡，循坡而上，即至牆頭。這地方的景觀甚為開廓，王勃〈梓州元武縣福會寺碑〉所謂「右縈層雉，左控崇巒」庶幾近之。不過到處都是敗壁摧垣，有一片蕭索寂寥之感。我去的那一天，正值初秋，清風颯至，振衣當之，殊覺快意。想起臺城在六朝的故事，由梁武帝想到陳後主，也不知那景陽井（即胭脂井）究竟在什麼地方，只覺得一幕幕的歷史悲劇曾在這一帶扮演過，不禁興起陣陣懷古的哀愁。這時節夕陽西下，猛聽得遠遠傳來軍中喇叭的聲音，益發淒涼，為之愀然，遂偕友攜手踉蹡而下。以後我們還去過許多次，淒迷的淑景至今不能忘。

南京有兩個湖，一大一小。大的是玄武湖，小的是莫愁湖。玄武湖在南京城東北，周長約十五公里，面積約四平方公里半。其中有幾個島嶼。本是歷朝操練水兵和帝王遊宴之所，後來廢湖為田，又曾幾度疏浚為湖，直到清末闢為公園，習稱後湖。其間古蹟不少，如東晉郭璞的墳墓等。蕭統編《昭明文選》也是在這個地方。我曾去過後湖兩次，匆匆不及深入觀賞，只見到處是蓆棚茶座，擾攘不堪。莫愁湖小得多，在水西門外，周長僅約三點五公里。相傳南齊時代，洛陽女子莫愁遠嫁到此地的盧姓人家，夫君遠征，抑鬱寡歡，湖因此得名。此說似不可信，因六朝時此地尚屬大江的區域，莫愁湖之名始見於北宋樂史《太平寰宇記》。湖雖小，但有一段不平凡的歷史。傳說明太祖朱洪武曾在這湖上和徐達下過一局棋，賭注就是莫愁湖，徐達贏了，莫愁湖就成了他的別墅。後來好事者在此建了一座樓，名「勝棋樓」。大門口還有一副對聯：

粉黛江山留得半湖煙雨
王侯事業都如一局棋枰

倒也穩妥貼切，可惜那局棋譜沒有留下，無由窺測徐達的黑子棋怎樣在白子中間擺出了「萬歲」二字。我去遊賞過一次，湖山仍舊，只是枯荷敗柳，一片荒涼。

莫愁湖一度號稱「金陵第一名勝」，而我最欣賞的地方卻是清涼山下的掃葉樓。掃葉樓是明末清初高人畫士龔賢（半千）的隱居之地，在水西門外，毗近莫愁湖。驅車至清涼寺，拾級而升，數轉即可登樓上。半千是崑山人，流寓金陵，結廬於清涼山下，葺「半畝園」，築「掃葉樓」，蒔花種竹，遠離塵囂，以賣書鬻畫自給。從遊者甚眾，編《芥子園畫傳》之王概即出其門下。我遊掃葉樓，偕往者胡夢華盧冀野，二君皆已下世。猶憶在掃葉樓上瀹茗清談，偷閒半日。俯視半畝園，局面甚小，而趣味不俗。明末清初，江南固多隱逸，「金陵八家」以半千為首。其畫「用筆厚重，用墨豐穠」，與時下潑墨之風迥異。半千不獨以書畫勝，人品之高尤足令人起敬。壁間中央供掃葉僧畫像一幀，惜余當時未加詳察，今已不復記憶是半千自畫像的原本，抑是後人摹擬之作。對半千其人，我至今懷有敬意，因而對掃葉樓印象亦特別深刻。

明初宮殿建築幾已完全燬於兵燹，惟孝陵木構殿堂之石基尚在，石碑翁仲以及神獸雕刻大體完好，具見其規模之宏大。陵前殿址有屋數楹，想係後人所築，遊客至此可以少憩。壁間懸朱元璋畫像，不知何人手筆，獐頭鼠目，長長的下巴，如豬拱嘴，望之不似人君。也有人說此像相當逼真，帝王之相固當有異常流。我對朱元璋個人的印象相當複雜，以一個平民出身的人而能克敵制勝位至九五，當然頗不簡單，但其為人之猜忌殘酷，亦歷來所少有。他入葬孝陵，殉葬者有十餘人，極人間之慘事。明清兩代荒謬絕倫之文字獄，朱元璋實開其端。我憑弔其陵寢，很難對他下一單純之論斷，從陵門到孝陵殿基址，有一拱形墓門隧道直抵墓門，據專家言乃一偉大的建築設計。

從明陵折返，途經一小博物館，內中陳列若干古物之中有一塊高與人齊的石頭，上面血漬殷然，據云是方孝孺灑的血。我看了大為震撼。方孝孺一代大儒，因拒為明燕王棣篡位草詔而被判大逆，誅九族，方曰「誅十族亦無所懼」，於是於九族之外加上門生一族，八百七十餘人死之！這是歷史上專制帝王最不人道的暴行！這也是重氣節的讀書人為了正義而付出的最大的代價。我在小學讀歷史，老師講起過誅十族的故事，即不勝其憤慨，如今看到這血漬石，焉得不為這慘痛的往事而神傷？

到了南京而不去秦淮河一遊，好像是說不過去。東南大學外文系教授李輝光、畜牧系的教授羅清生，經常和我在一起遊宴。有一天我提議去看看這「煙籠寒水月籠沙」的勝景，二公無興趣，強而後可。在華燈初上的時候，我們到了河畔。哇！窄窄的一條小河，好像是一汪子死水，上面還泛著一些浮漚，兩岸全是破敝的民房，河上泊著幾隻褪色的遊艇。我們既來則安，勉強的衝著一隻遊艇走去，只見船艙中走出一位衣履不整的老嫗，帶著一位濃妝豔抹俗不可耐的村姑出來迎客。我們不知所措，狼狽而逃，恐怕真是贏得李太白詩中所謂「兩岸拍手笑」了。未來之前不是沒有心理準備。明知這條傳說中「祖龍」開鑿的河渠，兩岸有過多少風流韻事，都早已成為陳跡，不復存在，但是萬沒想到會墮落荒廢到如此的地步。只能敗人意，掃人興，怎能勾起人一絲半點的思古之幽情？朱自清寫過一篇〈槳聲燈影裏的秦淮河〉，為人傳誦，他認為當時的秦淮河上的船依然「雅麗過於他處而又有奇異的吸引力」，我不能不驚服佩弦先生的胃口之強了。

金陵號稱有四十八景，可觀之地當然不止上述幾處，我課餘得閒遊覽所及如是而已。友輩往還，亦多樂事。張欣海、余上沅、陳登恪，和我，當時均無室家，如無其他應酬，每日晚餐輒相聚於成賢街一小餐館。南京烹調並不獨樹一幟，江南風味，各地相差不多。我們每餐都很豐盛，月底結帳，四人分攤，每人攤派三十餘元，約合一般教授月薪六分之一。有一天，李輝光告我，北門橋有一西餐館供應鹿肉，唯須預訂，俟獵戶上山有獲，即通知赴宴。我為好奇，應允參加一份。不久，果然接到通知，欣然往。座客六七人。鹿唯兩後腿可食。雖非珍饈，究屬難得一嘗的野味。其實以鹿肉供食，在我國古時是尋常事。《禮記・內則》：「春宜羔豚……夏宜腒鱐……秋宜犢麛……冬宜鮮羽……」麛，同麑，小鹿也。又提到鹿脯、麋脯、麕脯之類。可見食鹿肉並不希奇。

羅清生最善拇戰，豁拳賭酒，多半勝券在握。我曾請教其術，據告並無祕訣，惟須默察對方出拳之路數，如能看出其中變化之格式，自然易於猜中，同時自己之路數亦宜多所變化，務使對方莫測高深。因思《孫子兵法・謀攻篇》所謂「知彼知己，百戰不殆」，大概即是這個道理。我聆教之後，數十年間以酒會友拳戰南北幾乎無往不利。

圖書館主任洪範五先生亦我酒友之一，拇戰時聲調高亢，有如銅錘花臉。其寢室內經常備有一整臉盆之茶葉蛋，微火慢煨，蛋香滿室。不獨先生有此偏嗜，客來必定饗蛋一枚。每蛋均寫有號碼，以誌燉煮之先後。來客無不稱美，主人引以為樂。

民國十六年春，革命軍北伐，直薄南京，北軍潰敗，學校停課改組，我未獲續聘，因而結束我在南京半載之盤桓。六十年前之南京，其風景人物，已經如夢，至若懷想六朝時代之金陵，真是夢中之夢了。

特載

古典頭腦，浪漫心腸

季季

下午四時剛過，我和石吟依約到達梁實秋先生的家門前。鐵柵門鎖著，木門開著，「白貓王子」如蓬鬆的巨大坐墊，靜臥客廳沙發一角。高懸的日光燈已經亮了，照著正在看書的梁先生背影。

梁先生聽力近年衰退了不少，我們一次又一次按鈴和敲門。過了大約一分鐘，梁先生轉臉望向鐵門，立即堆著滿臉笑容來開門。「我的耳朵幾乎全聾了，」他拉著耳朵說：「大約只剩百分之二的聽力了。」我大聲說：「但是我們剛才按鈴、敲門，你很快就聽見了嘛。」梁先生笑著正色道：「不，不是聽見，是看見的。」

原來梁先生平時在書房工作，凡有客人事先約好到達的時間，就坐在客廳沙發看書，每隔兩分鐘即轉頭看看門外是否已有來客蹤影。所以，梁先生像玩了一次捉迷藏遊戲，很高興的笑著說：「你們是讓我看到的！」

石吟也很高聲的笑著。三十七年前他第一次看到梁先生時只有十歲，正是很喜歡玩捉迷藏的年齡。

那年（民國三十八年）六月，梁先生偕妻、女由廣州乘船來臺，他在清華八年的同學徐宗涑先生當時是臺泥公司總經理，由於公務不能抽身，特請臺泥公司事務課長坐一卡車去基隆迎接，卡車上放了三只沙發椅；就那麼一路迎風坐到臺北。梁先生一家在中山北路二段徐宅暫居了三天；石吟即為徐宗涑先生的公子。

梁先生在重慶時代以「子佳」筆名發表《雅舍小品》即已傳誦一時。三十六年前後由於通貨膨脹，結集出書而未能付梓。三十八年六月來臺時，行囊中即有一份《雅舍小品》的初版二校稿。這本書很快就在臺灣出版；和他後來所編的字典和所譯的莎士比亞全集一樣，影響至今深遠。

梁先生初來臺時，由於徐宗涑先生之介紹，結識大同公司林挺生先生。林邀梁先生至大同工業學校授課，以德惠街一號日式平房一幢由梁先生一家居住，並且每週三上午必至梁宅請安。至今三十多年梁先生雖已數易居所，而林先生定期請安未嘗間斷。梁先生費時十四年完成的《英國文學史》及《英國文學選》六巨冊，即由林先生負責的協志工業叢書出版社於去年出版。

在德惠街一號安頓之後半年，梁先生寫了〈平山堂記〉一文，記述避難南遷途中在廣州寄居半年的居家窘狀。在梁先生的散文中，我對這一篇的印象最為深刻，每次重讀無不恍如身歷其境，與寄居平山堂的人同感時代之苦難與生存之艱辛。

據梁先生所記，他當時是應國立中山大學之聘，由北平攜眷抵廣州，「平山堂」舊樓即為教員宿舍。樓上宿舍數十家，樓下附屬小學有學生數百人；還有其他機構人員數十人，全樓人口超過五百人，而廁所「有兩處之多」，然各家均無廚房；且「往往需兩家共分一窗」。梁先生形容樓上數十家共同的唯一水龍頭：「在需水時，它不絕如縷，有時候撲簌如落淚，有時候只有噝噝的乾響如助人之歎息」！

梁先生讚揚「簡短乃機智之靈魂」，主張「文章要深，要遠，就是不要長」。他認為「簡要」兩字是「很高的理想」，寫散文要懂得「割愛」；「如果一點意思一個詞句本身雖然很好，而與題旨不合或不能增加行文效果，便要毅然割棄。」像〈平山堂記〉那樣艱忍多難的大時代經驗，梁先生「把枝蔓的地方通通削去，由博返約」，所寫不過二千一百字，而翔實與感人則至深且遠。

我問梁先生聽力衰退後，對人間噪音是否有「如釋重負」之感？梁先生微笑曰：「我太太常抱怨雜音太多，我說還好嘛，沒聽到什麼雜音。」石吟問說：「耳根清靜是否有助思考？」梁先生坦率回答：「思考是有沒有的問題，不是受不受噪音影響的問題。一個人有思想，雖在鬧市也文思泉湧；如果沒有思想，雖在荒山無人之處，還是不會思考。」

梁先生自稱性子急，又覺得「欠債是世界上最難過的事」，所以凡有文債亦必盡速償還；目前仍需應付四家報紙副刊不時之索稿。但他對貓極有耐心，三隻貓口味各異，日食五頓，概由梁先生親自料理。他感歎的說：「一個人一天要應付三隻貓、四家報紙副刊，還要親理膳食，忙碌可知矣！」

我寫散文本是半路出家，實無資格與梁先生對話；長時間的對話，於他「百分之二的聽力」想必也是過重的負擔。辭別之前，我將請益的二十個書面問題面陳梁先生，他慈藹的問我需要多少時間寄回？我說：「三天可以嗎？」這位幾乎與本世紀同時誕生的散文前輩，以金屬之聲爽快的答道：「沒問題。」

二十四小時之後，梁先生長達四千多字的書面回答，已以限時郵件寄至人間副刊辦公室。

以下就是我們的二重奏。

季：您是臺灣碩果僅存的三〇年代散文大家，可否談談您對三〇年代文學的看法？那一時期的散文家，有哪幾位是您認為「好的散文家」？

梁：三〇年代的文學還是繼續五四的餘烈而漸趨於成熟。同時西洋文學的影響還是很重。共產黨鼓動的所謂「普羅文學」和所謂的左翼也正在興起，但是吵鬧有餘，對於文學本身並無干係。這一時代的散文作者，周作人、梁遇春、朱自清、葉聖陶、徐志摩等都算是好的。

季：您的散文和字典，都是我學生時代受益很多的讀物，可否談談您的散文創作受西洋文學或中國文學的影響較深？

梁：我編字典是一件悲苦的事，真正是為了稻粱謀，英文所謂的 grub steet。雖然對於一般學生不無實用，究竟耗費我的時間精力太多。我打算寫一篇〈字典與我〉，說說其中的艱苦，一時沒得工夫。我的散文在思想方面、形式方面受英文文學的影響不少，但是在文字方面如何遣詞造句等等是受中國文學影響。我反對歐化的寫法。

季：那麼您喜愛的英美散文家和中國散文家有哪幾位呢？

梁：我喜歡英國散文家如培根、約翰孫、阿迪生、蘭姆，以及較近的 E.V. Lucas、G.K. Chesterton 等。美國的哀默孫、梭羅以及較近的 P.E. More 等。中國的散文作家我較喜歡韓愈、柳宗元、三蘇，以及晚明作家。我喜歡明白清楚簡潔有致的文章。

季：您的文學志業成績輝煌是許多人都羨慕而且歎服的，請問：在翻譯、散文寫作、編字典、教科書這四項佔用您最多時間的工作中，您最喜歡哪一項？

梁：編字典和教科書費時費力，對我自己沒有太多的好處，不過也不是絕無益處。字典銷路好，出版家不再需要我繼續努力，同時我的目力體力漸差，也不能再有貢獻。教科書有國定本，也無從再行參與。這兩項工作，告一段落。翻譯沒有間斷，每月都要譯三兩篇。我計議中還有好幾本書想譯，如《伊利亞隨筆》等，怕時間不夠。散文也偶然寫一些，慚愧的是寫不長，看到時賢為文，動輒萬字以上，我無此魄力，亦無此功力。

季：您認為在散文創作中，「讀書」和「生活經驗」何者較重要？

梁：生活經驗不可強求，要看機緣，而且生活處處是經驗，只要肯細心觀察，到處都有值得攝取的資料，不必一定要探險獵奇才算經驗。讀書則是自己可以選擇把握的事。應讀而未讀之書正多。經史子集，全是古人留下的文學遺產。不讀書，如何能寫作？所以從事文學者，讀書最重要。講到生活經驗，隨緣可矣。

季：有一些現代文學青年認為文言文已經死了；從文言文中難於汲取文學的生機。您是受過文言文教育的前輩，您認為現代文學青年的這一看法是否是一種損失？可否談談在您個人的文學經驗中，文言文對您的散文創作有何種影響？

梁：文言沒有死。最詰屈聱牙的《書經》，裏面也有不少目前尚在使用的詞句。文學的生機不能從文言文中汲取，文學的生機貴創造。但是文言文是我們幾千年來一直使用的文字，和語體文是有差別，其基本的詞法、文法、句法、字法，根本並無大變。語體文是繼承文言文而來，如要寫好語體文，如何能不先從研究文言文入手？文言文搞不通，休想能寫好語體文。我想現代青年縱不能讀「唐宋八大家」、《古文辭類纂》，至少應熟讀《古文觀止》或《古文釋義》之類。我寫的散文誠無足觀，或譏其文白夾雜，然哉然哉，如果語體文是繼承文言文的傳統，是使用幾千年來一直使用的文字，如何能不文白夾雜？文學裏沒有革命，只有漸進。現代人寫不好文言文，文言文需要語體化，以求其明白易曉，而語體文亦需要沿用若干文言的詞句語法，以求其雅潔。

季：您青年時代寫過不少議論或批評，對詩和小說都有評析，唯獨對散文的批評不多。在我國的文學批評領域裏，散文批評也一向是最少、最弱的。您認為這個現象說明了怎樣的事實？是散文批評不易寫抑或散文不需要有批評？或另有其他特別的理由？

梁：散文比較問題少。人人都會寫，沒有一定的格式。尤其是好多年來流行著一種見解，以為話怎麼說便怎麼寫，還有什麼好批評的？

季：您在〈我的一位國文老師〉裏提到青年時代的國文老師徐鏡澄先生時，曾說他教你「作文忌用過多的虛字」。年輕的散文作者大多不知「虛字」之為害，所寫的散文難免文氣呆滯而又支離破碎。針對這一點，您可否對年輕的散文作者提出若干忠告？您認為不懂得使用「虛字」，主要的原因是什麼？應如何才能有所改善？

梁：現代散文有兩個毛病，一是太過於白話化，連篇累牘的「呢呀嗎啦」，絮絮叨叨，令人生厭。一是過分西化，像是翻譯，失掉了我們自己的國文的味道。再加上許多時髦的新名詞，例如「取向」「架構」「認同」「落實」「一定」……益發刺目。我所謂文章應避免使用太多的虛字，即是文章不要太像白話的意思。白話中虛字多，所以不夠挺拔。熟讀古文，便可領略行文的道理。文章的基本道理即是求其雅健。我的國文老師徐鏡澄先生對我的國文作業很少改動，只是大肆刪削，把我千把字的作文塗抹成一百多字的短文，廢字廢話一律刪去。我起初很生氣，後來漸漸悟出其中的道理。廢話廢字有時不能全免，但要盡量少說少用。

季：讀您的散文，可讀出您生命中的幾個階段和生活的一些轉折。您認為生活的大環境或居住環境的變遷，對散文寫作是否有大的影響？或影響不大？

梁：文章和年齡有關，和環境的關係比較少。大抵散文作者年輕時的文字比較氣盛、繁縟，隨著年事之增長而轉趨於簡練。例如徐志摩，他的散文寫得好，但是他自稱為「跑野馬」，東拉西扯，下筆不能自休，濃得化不開，如果天假以年，我想他的成就必定另有一番氣象。環境影響作者的心情，也影響到文章的內容，但不見得能影響到散文的風格與藝術。

季：您在〈現代中國文學之浪漫的趨勢〉一文中，曾說「古典主義者最尊貴人的頭；浪漫主義者最尊貴人的心。頭是理性的機關，裏面藏著智慧；心是情感的泉源，裏面包著熱血」。您認為在散文寫作時，自己是一個古典主義者或一個浪漫主義者？

梁：我自己覺得我是「古典頭腦，浪漫心腸」。這是一個矛盾，常使我痛苦。寫散文時，真想任性縱情，該說的說，想罵的罵，把胸中所蓄一洩無遺，但是我所受的訓練不許我如此，要多加剪裁，要避免枝蔓。古典的美，我並未作到，浪漫的氣息仍不免隨時吐露，這是我修養不足之過。

季：在〈詩人〉那篇作品中，您說一個人「入世稍深，漸漸煎熬成為一顆『煮硬了的蛋』，散文從門上進來，詩從窗口出去了」。您是否認為一個好的詩人就不可能是好的散文家？或一個好的散文家就很難是好的詩人？您認為二者得兼很難嗎？余光中、楊牧是少數被公認為詩和散文俱佳的作家，您較喜他們的詩或散文？如詩和散文都能寫得很好，您認為原因是什麼？

梁：詩與散文，不但形式不同，實質亦有分別。嚴格的講，只有抒情詩才是詩，敘事詩和說理詩都不是詩。年輕人情感特別豐盛，抒情詩多半是比較年輕人的天下。人隨著年紀而逐漸散文化，乃無可奈何之事。但也有人得天獨厚，年雖長而不失其赤子之心，一面寫詩，一面寫文並臻佳妙，兩不相妨。例如余光中先生就是右手寫詩左手寫文，成就之高一時無兩。我細看他的散文，常是運用其寫詩的方法，常常使用濃縮的詞句，精練的字詞，讀起來趣味濃厚。這不是能強求的。韓愈、柳宗元，詩文俱極高雅，而杜甫則能詩不能文。蘇東坡詩詞散文無不佳妙，而辛稼軒則獨以詞名。詩文俱佳固然很好，獨擅一門也就很難得了。

季：在〈中年〉裏，您說「中年的妙趣，在於相當的認識人生，認識自己，從而做自己所能做的事，享受自己所能享受的生活」。您認為，自中年至今，您想做的事是否都如願而行？您生活裏最大的享受是什麼？

梁：我已自中年進入老年，恨自己少壯不努力，許多想做的都沒有做或沒有做好，真正是老大徒傷悲。中西典籍有許多尚未寓目，或未精讀，是最大憾事。沒登過五嶽，沒遨遊過全球，我不認為是憾事，沒遍讀過古今名著才是憾事。我生活中最大享受是我有一個和美的家庭。我應該算是一個英文所謂的 family man。家是世事紛紜中的避風港。

季：在大家的印象裏，您是莎翁全集的譯者，遠東版《英漢字典》的編者，大部頭的《英國文學史》的撰寫者以及近二十本散文集的作者，似乎不停的在工作，可否談談您工作之餘的娛樂和休閒生活的主要內容？您認為休閒生活對散文寫作的助益大不大？

梁：我一生好像是不停的工作，其實我的大部分時間都浪費了，很大部分時間都在懶散中等閒度過。有時候是環境逼我不能用功，更多時候只怪自己偷懶。講到「娛樂」，我可以說幾等於零。年輕時愛看電影愛聽戲，到了中年便無復興趣。及至老年便只有清晨曳杖獨步街頭了。電視則只有晚上看一段新聞。躺在床上看雜誌、看閒書，也是一樂。閒來玩弄我的幾隻貓，如是而已。休閒生活對於散文寫作並無多大助益。「越吃越饞，越閒越懶。」

季：我可否以一個女作家的身分，請問您對「女作家」的看法？哪幾位中外女作家的作品是您特別鍾愛的？

梁：「女作家」一語不應成立。我曾經用「女作家」稱冰心女士，碰了一個釘子，從此不敢再用這個名詞。作家就是作家，管他是男是女？我沒有「鍾愛」過任何中外「女作家」的作品，我比較喜歡的是英國的喬治・伊利奧特，看，她的姓名都男性的！我六十年前譯過她一部《織工馬南傳》，五十年前譯過她一篇〈吉爾菲先生的情史〉，我久想譯出她的全集，時間不許可了。

季：近年女性散文家的作品很受歡迎，您對她們的作品讀得多不多？您認為她們的作品受歡迎的原因何在？有人把她們的散文歸類為「閨閣散文」，您是否同意？您對所謂「閨閣文學」的看法如何？

梁：近年女性散文家輩出，我差不多都看過，其中傑出的很多。我很喜歡讀張曉風的作品，文字爽快而富諷刺，沒有閨閣氣。近年好像不大看到她的作品了。我沒有接觸到所謂的「閨閣散文」，不知所指的是何人的作品。如果真有所謂「閨閣散文」那也很好，可備一格。

季：現代青年散文家的作品，您看得多不多？您認為他們的散文水準如何？

梁：青年散文家的作品，我看得很多。他們的水準大部分都在所謂三〇年代一般作家之上。以林清玄先生為例，他的作品又多又好。他近年來寫許多有關佛法的文章，深入淺出，耐人尋味。

季：民國六十八年吳魯芹先生曾寫過一篇〈散文何以式微的問題〉他引述一位社會學家的話說，我們今天所處的時代是「聳人聽聞的時代」（The Age of Sensation），而他個人則認為我們所處的，是一個「打岔時代」（The Age of Distraction），他認為這二者都不容讀萬卷書或行萬里路的人「從容的寫散文」；它們已成為「散文的剋星」。然後他說：「碰上這種時代，即使蒙田（一五三三—一五九二）、蘭姆（一七七五—一八三四）、畢爾彭（一八二七—一九五六）再生，生在今日的法國和英國；朱自清、周作人轉世，生在今日的中國，他們寫散文的衝動，不給這個時代的『巨輪』輾死，也會大打折扣的。因此儘管報紙廣告上說當代散文名家輩出，而成果實在相當可憐，梁實秋的《雅舍小品》幾乎成為『魯殿靈光』，亦足以說明這個時代的『巨輪』，是輪下無情，多麼殘忍。」

——您同意吳魯芹先生這一段話嗎？您創作散文已過半個世紀，您認為散文是在式微嗎？如果是的話，則散文的未來將是如何？

梁：吳魯芹先生所謂散文式微的問題，我不完全同意。像余光中、張曉風幾位的散文，就不比以前的差，不但不是式微而且是很突出。一般的散文作者，不肯多讀書，不願讀文言文，而又要趕時髦，效西文的筆調，要弄一些新名詞，所以才構成一種式微的現象。時代巨輪雖然無情，卻輾不碎肯虛心琢磨文章藝術的散文作家。我希望吳魯芹先生的感慨不成為事實。

季：西諺說「人的生活在四十才開始」，我國流行的說法則是「人生七十才開始」。以您的經驗，您認為哪一種說法較對？

梁：人的生活不是四十開始，也不是七十開始，而是在他懂得什麼是生活意義的時候開始。有人少年老成，雖在青年，已經生活豐富，多彩多姿。有人已經到了詩晓之年，依然渾渾噩噩，不知不覺。七十開始之說，縱非自欺欺人，也只是自慰自勉之意而已。抓住現在，刻意深入，努力向前，便是生活開始，與年齡無關。

季：八十五歲已是公認的高壽，您覺得滋味如何？有沒有特別得意快樂或遺憾的事？

梁：我八十歲生日時，何懷碩董陽孜賢伉儷送我一個裱好的鏡框，是陽孜寫的三個大字，參差有致，「仁者壽」。字寫得灑脫遒勁，我很珍視這份禮物。如今我虛度了八十五歲，面對著這個斗方，有無限感慨。仁者壽，其實不仁者也壽，壽又有什麼稀罕？自己距仁者的境界還差得遠。若問我有什麼特別得意快樂或遺憾的事，一言難盡。得意的事是頑軀尚健，尚能展卷而讀，伏案而寫。遺憾的事是未能挽狂瀾於既倒，至今有家歸不得。

季：經歷過一個動盪的大時代，看遍人生諸多樣相，您現在較喜歡安靜的沉思或熱鬧的與朋友聊天？您在自選集序言中說：「生平無所好，唯好交友，好讀書，好議論。」這三好至今仍不變嗎？或者有所增？或者有所減？

梁：我不喜歡熱鬧，不喜歡在任何場合湊熱鬧。有許多事情我躲得遠遠的，不願參加。我說過我有三好，現在情況也稍有不同了。我好交友，但是若干年來，好友逐漸凋零，或是因故疏遠了。我好議論，但是自從抗戰軍興，無意再作任何譏評。唯讀書尚知努力耳。

——原載民國七十五年十一月二十日《中國時報》人間副刊，為「文學二重奏」專欄兩代散文家對話第一篇

編者案：季季，本名李瑞月，臺灣雲林人，一九四四年生。一九八八年美國愛荷華大學「國際寫作計畫」邀訪作家。曾任《聯合報》副刊組編輯，《中國時報》副刊組主任兼人間副刊主編，時報出版公司副總編輯，《印刻文學生活誌》編輯總監，政大「文學創作坊」教師、蘆荻社區大學「環島文學列車」講師等職。著有小說《屬於十七歲的》、《異鄉之死》、《月亮的背面》、《澀果》；散文《夜歌》、《攝氏20—25度》、《寫給你的故事》、《行走的樹—向傷痕告別》；傳記《我的姊姊張愛玲》、《奇緣此生顧

正秋》；並主編年度小說、年度散文、時報文學獎作品集、《紙上風雲高信疆》等十多種選集。

特載

我所知道的父親

梁文騏

不久前，《聯合文學》出過一期有關父親的專輯。總編輯丘彥明女士命我寫稿。我懇辭了。挾泰山以超北海，我不能也。蓋子言父善，則不足採信，言不善，則大逆不道。事後，我告訴父親：「丘彥明叫我寫您。」父親笑道：「胡鬧。」十一月三日，父親過世。瘂弦先生再命我寫稿。勢不得不挾泰山以超北海矣。我希望能夠平實的記述。

父親學了一輩子英文，教了一輩子英文。晚年尚寫了《英國文學史》《英國文學選》。十四歲入清華讀書八年，留美三年。退休後又居美七八年。似乎應該西化頗深。其實不然。父親還是一個傳統的中國讀書人。中學為體，西學為用，在父親身上，似乎得到成功。

祖父是前清秀才，家境優裕，所以可以不仕不商讀書為樂。祖母育子女十二人，二夭折，存五子五女。父親是次子，但長子早逝，所以在家庭中實際是長子，最為祖父鍾愛。舊式瓦房東廂房三間，是祖父的書房。設一床，午睡。自地及宇，皆書，不見牆。書的內容很純，皆小學。此書房是個森嚴的地方，孩子是不准進去玩的。就是叔叔姑姑們皆已長大，仍是不進這書房的。父親是唯一的例外。父親在北京大學任教時，我四五歲。我記得父親老是坐在祖父書房裏，不知談些什麼。父親並不治小學，祖父的那些書，我想父親也未曾讀過。但書的存在，即是一種教育。大概其作用就有如牛津大學的菸斗那樣罷。父親小時候上公立小學，然而祖父仍延請了一位周老師來家作塾師，授古文。我七八歲時，在父親書房裏曾發現過父親小時候的作文簿，之乎者也。我看不懂，內容現在回想起來是鬻拳強諫楚子。父親考清華時，先初試入圍，然後由一個督軍之類的大官堂試。一列小孩，長衫飄飄，由馬弁引領，魚貫登堂，設几作文。父親因有塾學根底，墨卷黑大圓光，以首卷高第。所以，清華雖是洋學堂，以英語教育為主，父親卻是先有了塾學薰陶。幼年的灌注，對於他一生的治學、立世，有著不可磨滅的影響。

父親晚年，倒是穿西裝。而教書數十年，口操英語，卻總是長袍馬褂，千層底布鞋，疊襠褲子還要綁上腿帶子。很土。初次上課，時髦的男女學生往往匿笑，父親也不在乎。好在外觀上的不調和，並不妨礙授課。在北京師大，有一次講 Burns 的一首詩，情思悱惻，一女生淚下如雨，講到慘怛處，這女生索性伏案大哭起來。我問父親：「您是否覺得很抱歉？」父親說：「不。Burns 才應該覺得抱歉。」

父親年輕時不甚用功，據他自己說，三十歲之後才曉得用功。其實這還不算很遲。蘇老泉也是二十七歲才用功念書的。至於十有五而志於學，固然今之國中生類多能之，上學之外，補習班、家教，數管齊下。而在父親那個時代，並不多覯。照我的觀察，父親的用功，也還未到「焚膏油以繼晷，恆兀兀以窮年」那種程度。到了晚年，知來日之無多，才如饑似渴的猛讀起來。像二十四史這樣的重磅巨著，也通讀無遺。他晚年有一閒章，文曰「無業之人」，典出《大戴禮》，意謂少、壯、老年俱未努力，實則父親老年確是在竭盡體能吞噬書籍。

總的來說，父親雖然數十年手不釋編，但是他的興趣卻很廣泛。也許習文學的人應該如此罷。

父親喜歡書畫。中國的歷代書法家，他最推崇右軍，常常歎息：「右軍的字實在無法學得到。」父親寫過不少條幅，中年以前寫稿寫信都是用毛筆，晚年才改用鋼筆、圓珠筆。大概是比較省事省力罷。也畫過一些梅花、山水。但過了中年就不再畫了。也治過印。鐫刻的章，皆放在北平家中，亂離湮滅無存矣。

至於博弈，亦是父親所好。抗戰時期，在四川北碚，家中常有竹戰。但他從不出去打牌。文人之耽於麻將者，恐怕梁任公當推第一人。據說任公主編報紙，許多社論即是任公在牌桌上口授筆錄而來。父親之耽麻將遠不至此。家中的另一種戰爭是圍棋。棋客入室，不遑寒喧，即狂殺起來。他們下的那種棋，日本謂之「早碁」。落子如飛，如驟雨，如爆豆，速度既快，盤數遂多。輸的紅了眼，贏的吃開了胃。在悵悵聲，驚呼聲，抗議聲，嘻嘻的笑聲，喃喃自語聲，哀歎呻吟聲中，在桐油燈草的黯弱光線下，不知東方之既白。父親的興趣不限於親炙，壁上觀也同樣盎然不倦。幾位感情特別豐富的棋客，父親最愛觀賞。北碚時代過去，博弈之事遂告寖絕。

父親愛看體育競技。但體育運動是父親之所短。在清華讀書時，馬約翰先生主管體育，督導甚嚴。父親的游泳課不及格。補考，橫渡游泳池即可。據父親說，砰然一聲落水，頭幾下是撲騰，緊跟著就喝水，最後是在池底爬，幾乎淹死。老師把他撈起來，只好給他及格。父親玩過的球類運動，有桌球、棒球兩種。我見過父親打桌球，彼時腹圍已可觀，手握橫拍立定不動，專等球來找他。打棒球，我未及見。但直至辭世，父親對棒球情有獨鍾。每逢電視有棒球賽，父親必是熱心觀眾。

父親寫過談吃數十文。在吃的方面，父親無疑是伊璧鳩魯主義者。自罹患消渴後，禁糖。他本非特嗜甜食，但是物以稀為貴，此刻甜點、巧克力、汽水、較甜的水果、乃至放了糖的菜肴，一齊變成了伊甸園中的美味蘋果，越不准吃越想吃。此上帝之所不能禁也。縱然不能公然大嚼，私下小嘗實所多有。每以此發病，賴有特效藥耳。戒菸酒，則是父親的勝利戰例。菸量原是每日兩包，戛然而止。酒量是兩瓶白乾，後來則只飲啤酒一小盃。茶，父親本也喝得很考究，晚年則很少喝茶，喝也極淡。

父親不信鬼神。但於佛教頗有興趣。在廣州中山大學時，某林姓外文系主任篤奉密宗，常在家中設壇行法。畫符、誦咒、灌頂等皆不必說。最奇的是「開頂」。據說人死之後，靈魂困於腦殼之內，無由飛昇，乃致淪陷。欲免此厄，須誠心下跪，由法師念咒，以青草一根，插進頭頂二寸，開一小孔，謂之「開頂」。如此一旦涅槃，魂靈兒就由那小孔一溜煙飛進天堂，絕無困滯。父親常去觀法，也借佛經回來看，唯有

「開頂」，父親不幹。父親之好佛，端在佛典中哲理部分，不及其他。

父親之晚年，是非常特殊的一個階段。除了讀書寫作之外，一切都淡泊了，一反座上客常滿，樽中酒不空之往日，深居簡出，與世隔絕。父親逝世後，臺視李惠惠女士打電話來：「幾次要去訪問令尊，都被令尊拒絕了。所以至今還不知道令尊家在何處。現在令尊已經去世，是否可去令尊家訪問了呢？」這一次的訪問，終於實現。父親已不復能拒絕。父親在贈琦君女士的〈金縷曲〉結尾云：「營自家生計。富與貴浮雲耳。」這正是他晚年之心聲。

父親的最後幾分鐘，乃以缺氧致死。當時，小量的輸氧已經不夠。父親窒息，索筆，手戰不能卒書，先後寫了五次，要更多的氧。此是父親握管八十年的最後絕筆。最後，父親扯開小氧氣罩，大叫：「我要死了。」「我就這樣死了。」到了這個時候，中心診所主治醫生終於同意給予大量輸氧。但卻發現床頭牆上大量輸氧的氧源不能用。於是索性拔下小量輸氧的管子，換床。七手八腳忙亂了五分鐘。就在這完全中斷輸氧的五分鐘裏，父親死了。一去不返。

哀哉！

——原載民國七十六年十一月十三日《聯合》副刊

編者案：梁文騏，梁實秋之公子。民國二十年生，卒於民國九十六年。北京大學數學系畢業。歷任北京大學、安徽大學、華南師範大學、暨南大學教職，中央研究院統計科學研究所研究員，在台期間，曾於中央大學、大同工學院、臺北藝術大學任教。

九歌文庫 1139

雅舍散文二集

作者　梁實秋
責任編輯　施舜文
創辦人　蔡文甫
發行人　蔡澤玉
出版發行　九歌出版社有限公司
臺北市105八德路3段12巷57弄40號
電話／02-25776564・傳真／02-25789205
郵政劃撥／0112295-1
九歌文學網　www.chiuko.com.tw
印刷　晨捷印製股份有限公司
法律顧問　龍躍天律師・蕭雄淋律師・董安丹律師
初版　1987（民國76）年7月
增訂新版　2013（民國102）年11月
定價　280元

書號　F1139
ISBN　978-957-444-904-0
（缺頁、破損或裝訂錯誤，請寄回本公司更換）

國家圖書館出版品預行編目資料

雅舍散文二集 / 梁實秋著. -- 增訂新版. --
臺北市：九歌, 民102.11
面； 公分. -- (九歌文庫 ; 1139)
ISBN 978-957-444-904-0(平裝)

855 102016114